Piedad Bonnett

Para otros es el cielo

D1497241

$\mathcal{S}$

ALFAGUARA

© 2004, Piedad Bonnett

© De esta edición:
2004, Distribuidora y Editora Aguilar, Altea, Taurus, Alfaguara, S. A.
Calle 80 N° 10-23
Teléfono (571) 6 35 12 00
Fax (571) 2 36 93 82
Bogotá - Colombia

• Aguilar, Altea, Taurus, Alfaguara S. A.
Beazley 3860. 1437 Buenos Aires. Argentina

• Aguilar, Altea, Taurus, Alfaguara S. A. de C. V.
Avda. Universidad, 767, Col. del Valle,
México, D.F. C. P. 03100. México

•Santillana Ediciones Generales, S. L.
Torrelaguna, 60. 28043 Madrid

ISBN: 958-704-235-2
Impreso en Colombia - Printed in Colombia

Primera edición en Colombia, noviembre de 2004
Primera reimpresión, julio de 2005

Diseño:
Proyecto de Enric Satué

© Imagen de cubierta: Photodisc, *Views of the world*.
© Diseño de cubierta: Nancy Cruz

Contenido

In memoriam Antonio Alvar

…que el pasado era mentira, que la memoria no tenía caminos de regreso, que toda primavera antigua era irrecuperable y que el amor más desatinado y tenaz era de todos modos una verdad efímera.

GABRIEL GARCÍA MÁRQUEZ

Cuando muere un ser muy próximo a nosotros, nos parece advertir en las transformaciones de los meses subsiguientes algo que, por mucho que hubiéramos deseado compartir con él, sólo podría haber cristalizado estando él ausente. Y al final lo saludamos en un idioma que él ya no entiende.

WALTER BENJAMIN

1

Cuando el cortejo, compuesto por unas treinta o cuarenta personas que lentamente se desplazaban por los senderos adoquinados del Cementerio Central —y al que yo me había sumado de la manera más discreta posible, embozada casi en mi *pashmina* gris, tan poco apropiada para aquel día soleado—, llegó al lugar donde se había dispuesto el entierro de Alvar, ya resonaban las últimas, espantosas paladas, claro indicio de que la ceremonia había terminado, y el grupo de no más de media docena de conocidos, que por milagro había llegado a tiempo, se disolvía en medio de un respetuoso silencio.

Como Alvar, según me enteré después, había dado instrucciones clarísimas de que no quería ceremonia religiosa alguna después de su muerte, y por tanto no hubo misa, y su cadáver ni siquiera había sido llevado a una funeraria —pues Federico, su único hijo, sabía que no las soportaba—, aquel breve acto de despedida había sido de una languidez espantosa. Quienes llegamos tarde ya sólo pudimos contemplar cómo un par de enterradores de uniformes azules extendían una última capa de cemento sobre la tumba recién clausurada y se alejaban llevando en sus manos los baldes cargados de cal.

Todo aquello había sido producto de una equivocación tan grotesca que Alvar no habría hecho sino celebrarlo, en caso de haberlo sabido, pues se correspondía con su letal humor negro: mientras la limusina descargaba el cadáver por la puerta oriental del cementerio, y el féretro era transportado discretamente hasta el lugar previsto por personal encargado de estos menesteres, los deudos y amigos debimos entrar todos por la puerta norte. Y sucedió que, en virtud del azar, Danilo Cruz, nuestro conocido filósofo, y Jaime Jaramillo, el historiador por quien Alvar sintió siempre un tremendo respeto, quedaron encabezando el cortejo, y que este par de maestros, con aire distraído, y mientras sostenían una conversación en voz baja, caminaron absortos en una dirección no prevista. Y que los demás, no dudando que estas insignes figuras se dirigían con toda certeza hacia la tumba en que Alvar había de ser enterrado, los seguimos ciegamente y a paso lentísimo, como se acostumbra en esos casos, hasta que el profesor Jaramillo, como recordando algo importante, se detuvo, miró a su alrededor, localizó a un jardinero que desyerbaba el jardín, y preguntó dónde sería el entierro de Alvar. El jardinero, sin dudarlo, señaló con su dedo índice el otro extremo del cementerio, de modo que Danilo Cruz y Jaime Jaramillo dieron media vuelta, y con ellos todos los demás, como ovejas mansas, buscando el sitio remoto donde Alvar estaba siendo enterrado en casi total soledad en ese momento, ante, me imagino, el desconcierto de su mujer y su hijo y de las dos o tres personas que, por casualidad, habían caminado en sentido correcto.

Cuando llegamos allí, ya lo dije, los enterradores daban los últimos retoques a la tumba,

situada en el mausoleo de la familia, donde luego
pondrían la lápida con el nombre y las fechas de
nacimiento y muerte. Nada de ridículos epitafios,
dijo siempre Alvar, nada de piadosas mentiras o
falsa literatura.

Por tercera vez en mi vida pude contem-
plar el rostro de su mujer, tratando de no ser vista,
claro está, lo cual fue relativamente sencillo, pues
el dolor la abatía, era evidente, de modo que sus
ojos permanecían bajos, húmedos por el llanto.
Había sido hermosa, muy hermosa, según todos
decían, pero de aquella belleza no quedaba ya nada o casi nada, a pesar de que era aún una mujer
joven y conservaba una abundante mata de pelo
color vino y una palidez aristocrática. Su rostro se
veía estragado y amargo, tal vez porque en su boca
se marcaba el rictus propio de las personas que en-
vejecen sin felicidad —aunque quizá el dolor del
momento enfatizara esa amargura— y el cuerpo
parecía dominado por un hieratismo de estatua,
por una falta tan total de ternura, que creí entender cosas que no había entendido hasta entonces.

El hijo, en cambio, tenía la luminosa belleza de Alvar. Así debía haber sido a los veinte, alto
y óseo, de frente amplísima, los labios finos y los
rasgos angulosos, con algo de águila en la nariz y
en la mirada, y un aire de sensibilidad que resultaba opacado por el desdén de su expresión.

Desde donde estaba podía abarcar con la
mirada a la mayoría de los concurrentes, entre los
que se contaban, como era de preverse, casi todos
aquellos mediocres a quienes Alvar abiertamente
desdeñara en vida: estaba Aurelio, el antiguo de-
cano de Artes, melifluo y afectado; el farsante de

Hugo Arenas, pomposo como un pavo real; y la Erinia mayor, Ida Vallejo, con su cara de marsupial, de ojillos venenosos. Pero estaba también alguna gente joven, estudiantes tal vez, y el bueno de Roco, sensiblemente avejentado, y Marcos y Monique, y Juan Vila, su amigo de toda la vida, y amigo mío también, aunque muy poco nos habíamos cruzado en los últimos años. Quizá una de aquellas bonitas y llorosas chiquillas estuviera enamorada de Alvar, pensé, pues, todos lo sabíamos, él fue el amor soñado de muchas y el amante fugaz de algunas de sus alumnas.

Todavía no conocía yo las circunstancias de su muerte, de la que me había enterado esa mañana por el aviso en el periódico, de modo que me abrumaba sobre todo el desconcierto, pues no era Alvar un hombre viejo; por el contrario, podría decirse que era joven aún, cumpliría cincuenta y cuatro años en dos meses, y nunca supe que estuviera enfermo, a pesar de que su salud no fue jamás buena: era un hipocondríaco, Alvar; pero al fin y al cabo poco sabía de él, ya que en aquel diciembre cumpliría cinco años de no verlo, o mejor, de no vernos; y digo cinco aunque en realidad fueron nueve, rotos tan sólo por un único, último encuentro, que no duró más allá de una hora y que fue tan duro y doloroso que yo había tratado de borrarlo de la memoria.

En los cuatro años posteriores a este encuentro sólo vi a Alvar en tres oportunidades, y siempre de lejos, alguna vez en un cine, otra al fondo del café donde tantas veces nos reunimos al final de algunas tardes y otra más en la ceremonia de condecoración de Marcel, y en cada una de estas oportunidades apenas si intercambiamos un breve saludo.

En el cementerio, envuelta en mi *pashmina* gris y sintiendo que el sol de mediodía hacía correr un chorrito de sudor entre mis senos, busqué en mi memoria la voz de Alvar, borrada por los años transcurridos sin verlo y supliqué en mi interior, Alvar, háblame, soy yo que he venido a tu entierro, pero aquella voz se negaba a dejarse oír, se resistía a venir desde su paraíso o su infierno. Viendo cómo lloraba su mujer, cómo su hijo sensiblemente conmovido ahogaba sus sollozos, cómo aquellas muchachitas de largas piernas se sonaban discretamente, con las cabezas bajas, comprendí de repente que no sentía dolor.

Durante años tuve miedo, no de que Alvar ya no me amara, —¿me había amado alguna vez?—, sino de que yo dejara de quererlo. ¿Había, tal vez, llegado ese momento? ¿Es que ya no sentía amor por Alvar?, me pregunté, estremecida, ¿es que el sentimiento se me había escapado sin yo apenas darme cuenta? ¿Si durante años había pensado en Alvar diariamente, si nunca dejó de sobrecogerme su nombre, por qué no venía el dolor con todos sus filos, por qué esta frialdad, esta impasibilidad del corazón? Tantas veces había fantaseado con su muerte, la había temido, y ahora yo estaba allí, viendo caer flores sobre su tumba, viendo la tristeza de su familia, de su hermana, de sus poquísimos amigos, y me envolvía la indolencia como si fuera uno de aquellos seres anodinos que nunca habían querido a Alvar; o que quizá lo habían temido y odiado, pues era odiado y temido por muchos, que no lo habían apreciado y mucho menos amado como yo, pues Alvar, ya lo habrán adivinado, es la única persona que he querido verdaderamente, y no sólo eso, sino la persona más admirada y amada por mí, que sin embargo he sido amada por otros y he creído amar a otros; el amor de mi vida, para decirlo del modo más cursi, aunque, además, la persona que me hizo mayor daño, a su pesar, sin quererlo, quizá, pero a sabiendas del dolor que me causaba.

Hay personas que cumplen el horrible papel de hacer palidecer el entorno, el pasado y el porvenir, porque su luz deslumbrante queda habitando en nuestras pupilas cegándolas para siempre. Después de esos amores definitivos todo lo demás puede suceder porque ya nada, salvo la propia soledad y la muerte, es importante. Otros pueden venir y habitarnos y hacernos relativamente felices, pero la normalidad monocorde que introducen en nuestras vidas sólo sirve para recordarnos que hay un cielo en alguna parte al cual ya jamás accederemos. Alvar, Alvar, Alvar, murmuré, como pronunciando una palabra sagrada que pudiera llevarme al paraíso.

Alvar, así le decíamos, a pesar de tener un hermoso nombre, Antonio, y así le dijeron pronto en la secundaria, y luego en la universidad sus estudiantes y sus colegas, Alvar, y así le dije yo siempre, y así lo llamé, silenciosa, en el cementerio, diciéndome, aquí está ese hombre único, que pensaste que era inmortal, que pensaste que resistiría la enfermedad y el abatimiento, y el encono y la envidia y su propio animal hambriento que se alimentó de sus vísceras. Aquí está, disolviéndose ya en sales y yodos y líquidos y su cráneo será pronto cosa huera, juguete vacío, tan liviano e inofensivo como el del listo Yorick.

Mientras la gente se marchaba me deslicé hasta un rincón del cementerio, como un ladrón de tumbas, y desde allí los vi pasar a todos, unos francamente acongojados, otros indiferentes, otros charlando abiertamente, pues un funeral, como se sabe, es muchas veces ocasión de reencuentros con parientes o viejas amistades. Me interesaba que no me vieran algunos conocidos, que habrían confirmado viejas sospechas al verme en aquel lugar, o que me habrían mortificado en un momento donde sólo quería silencio e intimidad, aunque, viéndolo bien, yo era la tonta que se estaba exponiendo al rendirme a la tentación del rito en vez de quedarme en la casa con mi pena solitaria. Cuando ya todos se marcharon y me animaba a abandonar el lugar en que me escondía, vi, no sin asombro, que alguien más aguardaba la soledad de aquel momento para salir desde un ángulo escondido del cementerio; reconocí en aquel hombre ya mayor, alto, moreno, de semblante visiblemente atristado, a Ramón Arias. Lo supe, no porque lo hubiera visto otras veces, sino porque dos días antes su cara había aparecido en los periódicos, que anunciaban que en la noche sería galardonado con el Premio Nacional de Ciencias Exactas; y porque su presencia allí, silenciosa, tardía, me había recordado un comentario de Alvar, breve, lapidario, significativo. Nos saludamos con una breve inclinación, repentinamente vinculados por el afecto hacia el muerto reciente, y sorprendidos mutuamente en nuestro gesto furtivo. Allí lo dejé, de pie, conmovido, frente a la tumba que aún olía a cal fresca, mientras yo comenzaba a sufrir los remezones de un sentimiento nuevo.

Aquella noche fue Sara a acompañarme, y me asistió en mis lágrimas, que salieron por fin, y en mi silencio que rompí para recordar con ella, mi única confidente, aquellos tiempos intensos y feroces, para traer a la memoria imágenes y palabras que permanecían intactas a través de los muchos años por su condición de innombradas. Entonces descorchamos un Cabernet Sauvignon del Haut-Médoc que había esperado por años una ocasión especial, y mientras lo paladeábamos no pudimos menos que sonreír ante la triste ironía.

Fue a la tarde siguiente cuando encontré el paquete en la portería del edificio; revistas, pensé, o el libro de alguno de mis autores que se equivocaba enviándomelo a la casa, de modo que abrí sin prisa el sobre de manila sin ningún remite en el que se veía mi nombre y mi dirección y sin entender nada aún leí la primera frase, una frase desconcertante a la que aún le doy vueltas. *Quizá sea un error construir una existencia sobre el poder de la voluntad*, decía Alvar, pues era él quién escribía estas líneas; me bastó leer dos páginas para saberlo, aunque no había indicios visibles, ni una firma, ni un dato, ni estaban escritas en la letra menuda y angulosa que alguna vez le conocí, sino en la rotunda arial doce de su Compaq Presario, de una forma precipitada, era evidente: una «ese» se iba en vez de una «a», una «ene» en vez de una «eme», lo cual era sorprendente si se tiene en cuenta el enfermizo perfeccionismo de Alvar, que unas pocas personas conocimos tan bien.

Comenzaba a llover y el tráfico a entorpecerse allá abajo, en la avenida. Tratando de dete-

ner el latido atolondrado del corazón que se negaba a calmarse, cerré la persiana, encendí la lámpara, puse a hacer café, descolgué el teléfono, y entré en aquel texto sintiendo que la vida no es más
que un montón de tristes malentendidos.

2

Miró el reloj, vio los números fosforescentes marcando las cinco y seis minutos, y consciente de que no había dormido más de tres horas en toda la noche a causa del remolino de pensamientos que volvían una y otra vez como un carrusel perverso cuyo mecanismo se ha descompuesto, trató, sin ningún éxito, de conquistar un vacío mental, un silencio que le permitiera dormir. Tenía una plena y dolorosa conciencia de su cuerpo aquella mañana: todo él parecía nacer de un punto neurálgico, situado entre su tercera y cuarta vértebra, que le dolía, como siempre, pero esta vez no de una manera aguda e irresistible sino sorda, monótona, un dolor que parecía estar allí desde siempre, desde antes de su nacimiento, y que creaba otro, reflejo, en los hombros y el cuello. Sentía también la frente, las sienes donde la sangre palpitaba tenuemente, los ojos, irritados por el insomnio, la garganta áspera, y un enorme cansancio en los músculos. Le incomodaba aquel futón —hacía ya muchas semanas que había abandonado la cama matrimonial para no fastidiar con sus atormentados insomnios a su mujer, que tenía un sueño liviano— y hasta tenía un poco de frío, pero no se decidía a levantarse, a buscar una cobija, a encender el calentador de ambiente.

Anticipó sus próximas horas, las tareas y decisiones que tenía por delante, y sintió un agobio infinito; se dijo que para asumir sin flaquear lo que debía llevar a cabo aquel día tenía que imaginar que era un hombre sin alternativas. Aquella expresión, «un hombre sin alternativas», que había surgido sólo como una estrategia para estimularse, le pareció de repente atrozmente verdadera. Vislumbró con enorme exactitud su mañana, la soledad de su estudio, el almuerzo con su hijo, al que no veía hacía más de quince días, la visita a Marcel respondiendo al llamado urgente y desolado que le había hecho unas semanas antes y las circunstancias precisas que lo rodearían en la tarde y la noche, y se dijo que nada es jamás como lo imaginamos.

Dos o tres páginas y acabaría la escritura de aquel texto en el que había ocupado, febricitante y casi enajenado, todas sus horas desde hacía un mes. Lo haría hoy, de acuerdo con los planes trazados, y no corregiría, no, aquella versión desmañada, pues ya había comprendido que también esta prosa torrencial lo traicionaba, como lo había traicionado el lenguaje riguroso de sus fatigosos ensayos.

Quizá sea un error construir una existencia sobre el poder de la voluntad, no lo sé, ya es tarde para saberlo, había escrito Alvar. Con la voluntad, en todo caso, se había abierto paso desde muy pronto en un mundo insoportable, creyendo en su fuerza todopoderosa, y arrostrando muchas veces sentimientos tormentosos y dolor, de modo que con toda conciencia había ido construyendo el vacío, a cuya luminosidad hoy se entregaba de la manera más humilde, con la certidumbre sin alardes del vencido.

Su voluntad había sido su única fuerza, pensó, mientras comprobaba que aún estaba oscuro. No sabía de donde la había sacado, ni en que momento, pues en la infancia había sido tremendamente débil, *un verdadero desamparado*. Nunca lo había abandonado esa fragilidad de la infancia, nunca había podido sortear las inseguridades de entonces, pero aún así, y a pesar de haber conocido el autodesprecio y de haber desconfiado hasta ahora de muchas de sus decisiones, en cuarenta años de disciplina espiritual se había hecho fuerte, haciendo que sus circunstancias y su destino dependieran en buena parte de él mismo.

¿Qué diría su hermana cuando lo supiera? *Mi hermana*, pensó Alvar, *una vaca mansa que rumia sus días, una vaca que engorda con unos párpados azulados y enormes.*

Que la verdadera condición de los seres humanos es la soledad se había demorado bastante en saberlo, como casi todo el mundo, porque durante su infancia había tenido siempre la compañía de su hermana Mariana, siete años mayor que él, quien le había leído *Las mil y una noches* en la versión de Burton, y había jugado con él ajedrez y parqués y había dormido a su lado mientras dibujaba larga y felizmente en las tardes, tirado boca abajo sobre la alfombra de su cuarto. Mariana fue la primera mujer que amó, de eso estaba seguro, con un amor necesitado de su mirada, de su aprobación, de su orgullo, y fue también el primer ser al que tuvo miedo de perder, el que primero le hizo pensar en el significado de la palabra muerte.

No he sido un cultivador de recuerdos, como no he sido cultivador de nada, y especialmente de nada que me ate al pasado o me determine un futuro, había escrito en aquellas páginas Alvar, y era tal vez por eso que su infancia volvía a él, en términos generales, como una postal descolorida, como una suma de imágenes inconexas que venían sin ser convocadas, pero dentro de las cuales las de Mariana poseían una nitidez deslumbrante, pues encerraban intactos tanto el recuerdo de sus párpados semicerrados, mientras leía en voz alta, como el de sus lágrimas angustiadas el día en que él, niño, resbaló del banco de la cocina y al caer se abrió la frente con el ángulo del mesón. Mariana trepaba como una ardilla al árbol del patio después de que Alvar escalaba el tronco con dificultad y torpeza, y sin duda era ella quien lo protegía, *aunque yo subía porque quería cuidarla, no perderla de vista, salvarla en caso de un accidente cualquiera.*

Mucho más tarde, cuando comenzaba a ser un adolescente desmesuradamente alto para su edad y por tanto tratado por muchos como un adulto, seguía adorando a su hermana, queriendo llamar su atención, agobiándola con sus escritos secretos, que jamás habría mostrado a sus padres, tan lejanos de él y uno del otro como sordos planetas en sus órbitas. Entonces Mariana lo había abandonado sin el menor escrúpulo, dejándolo en la insufrible soledad de los doce años, extrañando sus manos blancas que siempre reemplazaron las morenas de su madre, *una mujer más sensual que Mariana*, había escrito Alvar, *y sin embargo tan fuerte como un látigo, y como un látigo, implacable, punzante, rígida, el crítico más severo que jamás tuve, pues su rigor fue la única manera que encontró de quererme.*

Trató de recordar a la Mariana de aquel entonces, su óvalo de mujer-niña enmarcado en su pelo caoba, pero a su mente sólo vino aquella foto que su madre conservó hasta su muerte sobre la horrible consola vienesa, y que él había destruido después, en la cual se veía a su hermana en su vestido de novia, con el rostro encendido, ligeramente adelantada en relación con su marido, al que bastaba con verle el cuello romo y el pelo al rape para saber desde entonces que sería el repugnante ejecutivo de hoy, palabra tan chocante, por lo demás, y tan espuria, pensó Alvar, que debía, como tantas otras, ser borrada para siempre del idioma. Allí se veía también a su padre, un hombre muy buen mozo al decir de todas sus tías y de las amigas de su madre, algo cínico, desdeñoso, delicado y sensible, un hombre, en fin, mundano pero atormentado, posando a su pesar en aquella circunstancia que debió parecerle falsa y enojosa, al lado de su madre, que se veía siempre circunspecta y adusta y, por tanto, menos bella de lo que era en realidad. Y él, en esa desagradable transición hacia la virilidad que empieza a alargar la nariz en el rostro de manera grotesca, vestido como un adulto, de paño y corbata, de modo que parecía una extraña equivocación, una nota patética o bufa en aquella ceremonia.

Una semana después de que murió su madre había tenido Alvar el placer de quemar aquella foto al lado de muchas otras que su hermana generosamente eligió para él entre las que encontró en los armarios. Lo había hecho silenciosamente en el patio de su estudio, para no escandalizar a Irene, que se habría horrorizado con otro de los que consideraba sus actos sacrílegos. Mientras ardían sobre las baldosas Alvar sintió que al menos lograba desaparecer la parte más tangible y evidente de esa memoria, y que de ahora en adelante sólo se las tendría que ver con sus propias imágenes, las que tozudamente persisten, de todas maneras, por encima de cualquier voluntad.

Fue por aquellos días del matrimonio de su hermana que, recordó Alvar, estando todos sentados a la mesa, sus padres y sus abuelos y Mariana y su reciente marido, éste hizo traer a su esposa un poemita que Alvar había escrito para decirle adiós cuando ya ella se iba de la casa, y lo había leído en voz alta, con tono grandilocuente y exagerando ciertos giros hasta convertirlo en una caricatura, en un poema asqueroso y relamido; todos lo habían oído con un silencio respetuoso que estalló de repente en exclamaciones, «no sabíamos que escribías», dijo la madre, «qué amoroso», acotó la abuela, mientras él enrojecía de vergüenza y de rabia con los ojos aguados, dolido por la traición de aquella hermana que siempre había sabido guardar sus secretos y que ahora lo exponía al ridículo a través de ese canalla advenedizo.

Toda la vida se nos va, tratando de superar las desdichas de la infancia, pensó Alvar, mientras se hacía consciente de la pesadez de su cuerpo, de una inercia casi inmanejable. ¿Había sido la suya una infancia infeliz? Tal vez sí, o para mejor decirlo, menos infeliz que muchas, pues todas las infancias del mundo tienen un ingrediente de infortunio. Sin embargo, la suya había estado rodeada, a su manera, de amor, o de algo semejante al amor: desde muy pequeño, desde la cuna, Alvar había tenido inclinadas sobre él, adorándolo, a todo tipo de mujeres, desde las tías abuelas que ocultaban su ácido olor de ancianas con fragancias exasperantes, hasta las núbiles amigas de su hermana que le daban besos húmedos y olían a frambuesa y a tibieza de axila, todas ellas adoradoras, no de él sino de la belleza que encontraban en él, pues nada subyuga y domestica más que la belleza. Esas miradas fascinadas le habían ido dando el ser, si así puede decirse, como espejos que le devolvían una imagen de sí mismo que había perdurado en la adolescencia y en la adultez, de tal modo que en el momento en que no era mirado de esa manera tenía una sensación de mutilación, de no estar completo.

Siempre temí y admiré a las mujeres en la misma proporción, había escrito Alvar, tal vez recordando aquel ejército de damas que a lo largo de su vida habían alargado sus manos para tocarlo. Toda la vida las mujeres le habían parecido fuertes y empecinadas, como yeguas, y sin embargo con una ductilidad imposible en los hombres, con una capacidad de adaptarse que se le antojaba que no era sino una forma más de terquedad, de salirse con la suya. Siempre le había impresionado y desagradado la capacidad de aguantar que tienen las mujeres, y siempre había envidiado su poder de confiarse a otros, de comunicarse, de sortear la soledad, *aunque ahí reside su verdadera flaqueza y también su tendencia a la banalidad, a disolver en palabras todo asunto grave,* pensó.

En las mujeres había buscado Alvar a su hermana durante toda su adolescencia, tal vez sin saberlo, a esa hermana fugada de él de aquella ma-

nera tan vulgar, con aquel ser simple y prejuicio-
so, que sin duda había contribuido a hacer de ella
lo que era hoy, un ser al que ya no se acercaba porque le enfurecía saber que estaba atada a todos los
lugares comunes. Con ella le sucedía lo que con
esos amigos de juventud con los que se han compartido momentos felices y confidencias, que se se-
paran de nosotros para reaparecer, tiempo después,
gordos y calvos o en todo caso casi irreconocibles,
pero sobre todo convertidos en talegos vacíos, que
saqueamos una y otra vez infructuosamente tratando de recuperar aunque sea fragmentos del pasado. En las pocas veces en que iba a la casa de su
hermana sentía que todo lo separaba de ella, las
cortinas y las alfombras y los espejos y la música,
pero como no quería ofenderla porque al fin y al
cabo, pensó, *en el fondo de aquella vaca blanda y
fofa habitó alguna vez mi hermana Mariana, a la
que sigo queriendo*, permanecía allí, mudo, silencioso, tratando de no exasperarse y huir.

No había acabado aún de pensar en que
amaba a su hermana porque en ella habitaba todavía una parte de aquella muchacha tierna, generosa, y además bella que le leía y lo acompañaba,
cuando Alvar dudó de su propio pensamiento, dudó de sus afectos preguntándose si eran verdaderos o falsos, pues no es fácil descubrir esto cuando
nos abruma el tedio, y tedio es lo que le producía
su hermana Mariana, con sus frases hechas, su pereza mental, su bondad a toda prueba, en fin, su
mediocridad aplastante.

*Los mediocres suelen ser afables, serviciales,
entusiastas*, pensó Alvar, recordando que algo así
decía Nietzsche, pero sobre todo aburridos, se di-

jo, consciente de haber padecido desde siempre de aburrición con el prójimo, una aburrición que lo dominaba y lo vencía muy a menudo, que le hacía bostezar frente a su interlocutor mientras su mente vagaba en libertad lejos de él. Ya cuando era un adolescente le había causado a la vez sorpresa y repugnancia ver cómo la gente parapetaba su diálogo en las apreciaciones más insulsas y sin sentido, «a mí me gusta mucho la leche», dice uno, «pero no la tomo de noche porque me produce gases», a lo que el otro puede contestar, con gran animación, «en cambio a mí me encanta y nunca me ha producido nada»; y no era la banalidad del tema lo que molestaba, pues al fin y al cabo, pensaba, quizá la leche sea en verdad algo muy importante, y también la banalidad, sino la forma tan tonta en que las personas creen que sus opiniones significan algo para los demás, o, mejor aún, la forma tonta en que todos creemos que el mundo empieza y termina en nosotros. A menudo se esforzaba por seguir el hilo de la conversación de quien le hablaba, y con ese fin se ponía tenso, se concentraba, pero cuando se daba cuenta estaba ya distante, divagando, o mirando cómo aquél contrae el labio mientras habla, cómo éste mueve, curiosamente, la ceja izquierda, o cómo pronuncia ésta o aquella palabra, y *es que yo sin proponérmelo siempre he estado lejos, siempre, sin proponérmelo he hecho las veces de espectador, de modo que entre los otros y yo hay un espacio hueco, un túnel cuyas resonancias me vienen tardíamente, como en un sueño,* le había dicho alguna vez Alvar a Silvia.

Con unos pocos, sin embargo, no era así, no debía tampoco exagerar. No se había aburrido nunca con ella, que tenía el poder de hacerlo reír o sentir o pensar, y tampoco le había pasado con Marcel, a quién había visitado por años, sin falta, una o dos veces al mes en su apartamento en La Soledad. Siempre le había parecido que la conversación de Marcel era tan envolvente que podía permanecer a su lado por horas, aunque nunca lo había hecho, pues era absolutamente respetuoso del tiempo de su amigo, y jamás lo había llamado entre una visita y otra, como esos amantes que guardan intactos sus deseos y el relato de sus experiencias para los escasos momentos que comparten, con intensidad, en una pieza de hotel.

Hasta hacía no tanto, hasta apenas unos meses antes, y aún después de su forzada reclusión en el hogar de ancianos, el humor de Marcel había sido formidable, y también sus coléricas afirmaciones, sus sarcasmos, su mirada fresca sobre las cosas a pesar de sus setenta y cinco años; había dejado de fumar hacía mucho, pero la voz le había quedado levemente ahogada, como la de un hombre que hablara desde el fondo de un ataúd; su risa también era grave, convulsiva, contagiosa. Así como hay escritores que son ante todo grandes lectores, Marcel, siendo un magnífico conversador, era ante todo un buen escucha: mientras oía a su interlocutor solía ladear la cabeza, como quien considera a profundidad lo que oye, con los ojos brillantes y una sonrisa complacida. Una pequeña interjección, un comentario atinado, un gesto, en fin, un silencio lleno de inflexiones, eran cosas con las cuales solía estimular al otro. Con Marcel, Alvar había vuelto a descubrir los placeres de la conversación, un arte que él, que siempre estaba rodeado de silencio o de conversaciones funcionales, inmediatas, apreciaba enormemente; aunque a veces, también era cierto, en aquellas visitas predominaba el silencio: se limitaban a oír a Mahler o a Bartok, la música preferida del viejo maestro, mientras miraban caer el atardecer desde el estudio.

Ya no recordaba bien las circunstancias en que había conocido a Marcel, tan sólo que había sido por intermedio de un colega suyo, pero recordaba con toda claridad la segunda vez que lo vio porque fue a la salida de uno de los auditorios de la universidad, abarrotado de gente que reía de las ocurrencias de un conferencista internacional que había sido traído al país con toda clase de bombos y platillos. En el enorme vestíbulo marmóreo, y con aquellas risas de fondo, les bastó mirarse un segundo para entender que los dos se salían de la conferencia asqueados, más que de las tontas *boutades* del expositor, de la celebración aborregada y primaria de aquella masa vacua. «Y este dizque es el templo del saber», había ironizado aquella vez Marcel abarcando con un movimiento de sus ojos un campus imaginario, «y aquí dizque campea el espíritu crítico, la inteligencia. También la universidad se ha estupidizado, amigo, como la prensa», añadió.

Aquella vez habían terminado tomando tinto en una de las desapacibles cafeterías de la facultad de Ciencias, y Marcel, sin mayores énfasis, le había dicho a Alvar que apreciaba mucho su librito sobre la mirada, «un libro humilde y certero», dijo. La universidad estaba en decadencia, no había duda, había proseguido aquella vez, y a eso habían contribuido todos esos gobernantes neoliberales enemigos de la cultura. Y era, también, por supuesto, territorio de vanidades y de envidias, pues los académicos suelen ser personas conflictivas, con poco contacto con la realidad. Pero si uno iba a ser explotado por un patrón, y por desgracia a él le tocaba serlo todavía por unos años, hasta su jubilación, era preferible que ese patrón fuera la universidad, más respetuoso y menos mezquino que casi todos los patrones.

Marcel, que no era una persona dicharachera, debía estar especialmente exaltado aquella vez, pensó Alvar, para soltar aquel sartal de quejas ante una persona tan poco conocida como era él en ese entonces.

Había sido aquella conversación fortuita el primer capítulo de una amistad profunda y sosegada, de aquéllas que se dan el lujo de largas pausas y silencios. Al principio era Alvar el que iba al apartamento de Marcel, pero otras veces era éste el que iba a su oficina dentro del campus, o simplemente se encontraban, después de una llamada telefónica, en uno de los cafecitos de La Soledad, porque los de los alrededores de la universidad le parecían al viejo vulgares o sórdidos. Pero una vez Marcel se jubiló, se hizo costumbre que Alvar pasara por su casa una o dos veces al mes, a eso de las cinco de la tarde, y se quedara a comer allí lo que cocinaba Conchita, la criada de toda la vida.

Durante años Marcel había querido convencer a Alvar de que dejara la universidad: mientras estuviera allí, decía, mientras tuviera que asistir a las tediosas reuniones profesorales, y enterrar sus horas en el inútil ejercicio de la corrección, no podría hacer lo que de verdad estaba obligado a hacer, que era escribir y publicar sus ensayos, cuyos temas conocía bien por haberlos discutido de vez en cuando en aquellos encuentros amistosos. Alvar lo oía silencioso. No se atrevía a contestarle —porque quizá para él mismo eso no estuviera claro— que permanecía en la universidad por física cobardía, por vanidad y deseo de juventud, porque la mirada de sus alumnos, como tantas otras, era la que le daba existencia, pero sobre todo porque allí, frente a sus estudiantes, se encendía la última chispita de fe que albergaba su corazón, debilitado desde hacía tanto por un corrosivo escepticismo que lo había vuelto poroso y blando como una esponja.

De Marcel se sabían ciertas cosas: que había heredado una fortuna de su padre, pero que a la hora de su temprana separación había dejado casi todo el dinero en manos de su mujer —una alemana tajante y un tanto histérica, que no había soportado Colombia—; y que durante algunos años, y en razón de su extrema lucidez, había servido de consejero en la sombra a algún gobierno, al que finalmente le había resultado incómoda la presencia de este hombre ácido y contundente, aristócrata de nacimiento y revolucionario de vocación. «Ahí le dejo su gobierno de pipiripao», contaban que había dicho al presidente de aquel entonces después de una discusión acalorada, pero tal vez fuera una invención acerca de un hombre que se conocía por su carácter fuerte a pesar de la suavidad de sus modales.

La amistad de Alvar con Marcel se apoyaba en el humor descarnado que los hermanaba y en las conversaciones entrañables que de tanto en tanto tenían, pero sobre todo en una ley de solidaridad que se cumplía en secreto, en actos mínimos pero determinantes, pequeños servicios mutuos cumplidos con generosidad y con agrado. Con Marcel, Alvar se daba el lujo de dar y también de saber recibir, algo que no solía hacer con nadie más.

De un momento a otro, sin embargo, la salud de Marcel se había resquebrajado: todo había comenzado con un hormigueo en la cara, al que no le puso mucha atención, pero unas semanas más tarde un episodio extraño que le nubló la visión durante unas horas lo puso en verdadera alerta. Después de muchas exploraciones y diagnósticos contradictorios el médico le anunció que aquello era el principio de una esclerosis múltiple, y con suavidad pero con firmeza le expuso lo que eso significaría: un deterioro irreversible, con síntomas diversos, que necesariamente lo llevarían a la muerte. Marcel, un hombre con sangre fría, trató de hacerle el quite a la angustia con una que otra broma, pero se dedicó a investigar a fondo en qué consistía aquel mal. Con una botella de whisky digirió con Alvar aquella información. Éste intentó animarlo con la reflexión de que quizá los males mayores tardarían en llegar todavía unos cuantos años, pero no tuvo valor para seguir especulando en el aire. La verdad fue otra. Los síntomas de la pérdida de mielina fueron acentuándose y condujeron a Marcel al hospital con cada vez mayor frecuencia: fatiga y desmayos, alteraciones visuales, mareos y desequilibrios momentáneos. Antes de un año ya había sido recluido por su hija —quien, alarmada, vino de Alemania para acompañarlo por casi dos meses— en el hogar geriátrico donde ahora se encontraba. La decisión, por supuesto, no había sido sencilla: Marcel se negaba, una y otra vez, a abandonar su viejo apartamento en La Soledad, su biblioteca, sus discos, el escritorio al que se había sentado en forma consuetudinaria durante años; y a Conchita, que era su mano derecha y su verdadera compañía. Pero sus pataletas de protesta dejaron de tener efecto el día en que sufrió un desmayo en el baño y se fracturó el codo. La hija decidió entonces por él, que terminó aceptando la decisión de internarse, aunque a regañadientes, con la condición de que su apartamento permaneciera abierto, y en él siguiera habitando la mujer que había vivido con él durante tantos años.

Alvar, se vio entonces en la obligación de visitar a su amigo al menos una vez cada quince días, de sortear su depresión, sus silencios, de acudir a apoyarlo en sus crisis, que a menudo terminaban en el hospital. De muchas de esas visitas salía Alvar malhumorado y maltrecho, pues Marcel empezaba a presentar vacíos mentales, breves lagunas que él reconocía con dolor e impotencia, y que lo hacían pensar en espaciar sus idas, agobiado por lo que veía. Pero de inmediato se repetía que aquello sería imperdonable, pues era evidente que sus pocos amigos ya habían tomado hacía tiempos aquella determinación, que parecía ser la misma de la única hija de Marcel, quien venía cada cuatro meses a visitarlo brevemente antes de volver a las labores periodísticas en Munich; y que tan sólo perseveraba en verlo una vecina del viejo, inaguantable ella, una anciana parlanchina y vulgar con la cara blanca de polvos como un mimo.

Hoy, dos semanas después de aquella llamada perentoria de Marcel, Alvar no podía seguir eludiendo su responsabilidad. Iría a visitarlo, sería fiel a su palabra.

Vio de nuevo los números fosforescentes, oyó el canto de una mirla. Cinco y diez de la mañana, *debería dormir*, se dijo.

3

Cuando volvió a abrir los ojos, sudoroso y agitado, eran las cinco y treinta y siete minutos, y la pesadilla que acababa de tener vino a su mente con toda nitidez: una inmensa pradera verde, apacible, soleada, en la que él cabalgaba sobre un caballo, o tal vez —ésa era la sensación— él mismo era el caballo, y el zumbido del viento en sus oídos y en su estómago el vértigo de la carrera, mientras el paisaje iba cambiando de naturaleza, la fértil hierba se iba volviendo tierra rojiza, y la planicie era ahora suelo quebrado, difícil, que de repente se abría, aterrador, al abismo: un desolado, infinito desierto lunar en el que caía el caballo, pavorido.

Respiró profundo, se estiró de cara al techo, tenso, pensó *debo levantarme*, pensó *debo darme tregua*, pero no lo hizo, al menos durante unos momentos, poseído por uno de aquellos estados de repentina desazón que se habían hecho frecuentes en sus últimas semanas. Fijó sus ojos en el asiento ubicado al lado de la cama, en el que colgaban sus ropas de la noche anterior y algo en aquella mezcla de formas lo remitió a un recuerdo impreciso, lejanísimo, molesto como una pequeña espina en la yema del dedo índice, un recuerdo que quizá tuviera que ver con las madrugadas de su infancia, cuando se debatía por volver a dormirse, por recuperar sus sueños, más confortables y seguros que el día que se abría por delante. Cerró los ojos, respiró pausadamente, escuchó un rumor impreciso que era varios rumores, el sonido de un bus escolar, el agua que bajaba por las cañerías, el ronroneo de sus propias tripas, y entonces recordó que esa tarde sería la ceremonia de premiación de Ramón. *A las seis. ¿A las cinco? ¿A las seis?* Esa vuelta a la realidad trajo algo de serenidad a su pecho.

¿Cómo evitar pensar en Ramón, si apenas puso las primeras palabras en aquel escrito suyo éste regresó del pasado para saldar su vieja cuenta? No habría sido consecuente con la tarea que se había propuesto si no hubiera tomado su cadáver, si no lo hubiera acuchillado para buscar, no las entrañas del otro, que hacía tanto ya habían dejado de heder, sino las suyas propias.

Decía Ramón, escribía Ramón, y no aparecía en su mente la imagen del hombre que desterró por años de la memoria, sino la luminosa sacudida que puso a vacilar sus veinticuatro años jactanciosos y atormentados, y que hizo temblar los cimientos de la facultad de Ciencias de la universidad a principios de los años setenta: la del recién llegado de la Universidad de Manchester que había sido recibido con la temerosa reverencia que inspiran los poseedores de un secreto, los santos o los poetas viejos, a pesar de que apenas si llegaba a los treinta y cinco años y de que seseaba. Artículos suyos honraban ya las páginas de revistas como *Mind* y *Critique*, de modo que cuando hablaba de constructivismo, «su» tema, a pesar de sus pausas angustiantes, de su olímpico desdén, el auditorio se rendía a su hechizo, pues cada palabra estaba marcada por la originalidad, la inteligencia, y por una pasión no disimulada pero sí contenida que ponía secretas vibraciones en el aire.

Como todos los demás, Alvar había sucumbido a la fascinación por este personaje que prometía quedarse algunos años en la universidad, pero lo disimuló cuanto pudo e incluso se permitió sugerir que *habría que estar seguros de que no era éste un farsante más de los que caen del extranjero y no demora sino unos meses en poner en evidencia el vacío debajo de la cáscara.* No lo era. No sólo no lo era, sino que cuando se reveló que además de poder traer a colación un verso de Milton en medio de una conferencia sobre Russell, tocaba el piano y era un melómano furibundo, todos los estudiantes, incluido Alvar, quisieron, no ser como él, sino ser él. Y la envidia lo habría consumido igual que a los otros, si no hubiera sido nombrado su asistente entre veinte aspirantes, lo cual le permitió no sólo estar a su lado muchas horas al día sino hacerse su amigo paulatinamente, a pesar de la diferencia de edades.

La amistad les es difícil a los hombres, pensó Alvar. *Quizá en afectos las mujeres sean más volátiles, pero sus relaciones, al permitirse de vez en cuando el riesgo de la confidencia, duran y sostienen más.* Por su parte, él no había tenido más de cuatro amigos en la vida, pero Ramón, que había sido uno de ellos, era a quien más había admirado y querido y debido, en su momento. A Ramón se había confiado en aquellos tiempos, él, que desconfiaba de las palabras, y a quien además éstas le resultaban difíciles; y de Ramón hasta cierto punto había dependido por años, pues creía en su juicio y en su gusto, y no sólo compartía su criterio sino que había aprendido de su manera de discutir, de reflexionar, de desechar lo banal y lo esnob, de desconfiar de la plaga de novedades literarias y filosóficas que las editoriales difunden y las universidades propagan.

Ahora, por supuesto, después de tantos años y sobre todo del golpe que había recibido de Ramón, ya no quedaban restos de ese cariño entrañable, *pues casi ningún amor o amistad resiste los embates del tiempo,* pensaba Alvar. *Se deja de ver a la madre o al padre o a la esposa o al amigo del alma, y el cariño va dando paso tan sólo al recuerdo del cariño, que brilla en la memoria como un resplandor moribundo que nos confirma que podríamos vivir solos, sin querer y sin ser queridos.*

En los tiempos en que fue nombrado asistente de Ramón, su condición de subordinado lo había obligado en un comienzo a sufrir su irascibilidad, su impaciencia, a comprender que cuando dejaban de aletear a su lado las estudiantes que terminaban en su cama y los aprendices de física y la alta burocracia institucional, quedaba un hombre abatido, insatisfecho y solitario, que sólo quería jugar en silencio un partido de ajedrez o ir al cine; tuvo que pasar más de un año antes de que empezara una tímida amistad, construida a fuerza de verse, de discutir, de intercambiar primero textos académicos y luego novelas, música, y hasta poesía, de la que Alvar había sido siempre un pésimo lector. Con los meses adoptaron la costumbre de ir algunas noches a un bar —Ramón era entonces, y seguiría siéndolo, un bebedor incansable, un alcohólico en potencia— donde hablaban de etimologías, de filosofía, de política o de la universidad, ese lugar donde pensaban pasar buena parte de sus vidas. Habían terminado por crear una amistad en la que un apretón de manos, un abrazo, unos puños juguetones reemplazaba a menudo las palabras, y donde la confesión íntima, cuando la hubo, fue natural y breve y entrañable. Una sola vez le había hablado Ramón a Alvar de su ex mujer, una argentina que tocaba el chelo, y lo hizo de una manera tan escueta y fría que éste entendió que tenía miedo de que sus recuerdos lo lastimaran, de modo que guardó un respetuoso silencio.

Ramón, recordó Alvar, era entonces intransigente, despiadado, cálido. Odiaba los dogmatismos de la izquierda en la que ambos habían militado y en los que Alvar todavía creía, el chauvinismo, el folclor, las celebraciones, los lunes, la milicia, y desconfiaba de la democracia, de la academia, de los vegetarianos. Después de tres adjetivos implacables sobre los tímidos ensayos que Alvar escribía en aquel entonces, de su fría descalificación, de sus acusaciones de ingenuidad y descuido, se las ingeniaba para regalarle un viejo ejemplar de la *Ilíada* que apreciaba mucho o un mapa comprado en el mercado de las pulgas. Alvar había sido, según palabras del propio Ramón, «su alumno y su hijo antes de ser su amigo», y muchos meses después de que aquella amistad expirara, todavía se preguntaba secretamente si el libro que estaba leyendo sería importante para Ramón o se merecería una de sus sonrisas oblicuas o su calificación de totalmente prescindibles.

Fue por aquellos días que Irene apareció en una de sus clases. Hoy Irene era una mujer sin mayores atractivos, un poco gruesa y pesada, y en su cara había rasgos que sólo podían ser producto de una amarga cotidianidad o de una tristeza sostenida, pero en aquellos días estaba catalogada como la mujer más bella del área de ciencias humanas y todos aspiraban a acostarse con ella. Alvar, sin embargo, no la registró en su cabeza, probablemente porque estaba más ocupado en castigar a los estudiantes con un discurso hermético que le diera respetabilidad y justificara su juventud que en mirar a las niñas bonitas que pasaban por sus cursos. Cuando Irene enrojecía, porque había en ella una mezcla de timidez y arrogancia, sus ojos color miel brillaban casi con lágrimas, pero eso sólo lo notó Alvar más tarde, en mitad de un semestre, cuando su alumna llegó a clase con veinte minutos de retraso y él la invitó a esperar afuera haciéndole ver que era un irrespeto llegar a esa hora cuando todos los demás se habían tomado el trabajo de madrugar. Irene se había sonrojado hasta la raíz del pelo, se había sentado sin dejar de mirar a los ojos a Alvar, y con la voz más serena que pudo declaró que, puesto que había atravesado la ciudad durante una hora en un bus tratando, sin lograrlo, de llegar a tiempo, no estaba ahora dispuesta a perder una clase que, por cierto, le interesaba. Dijo esto último en un tono neutro, desprovisto de belicosidad, mientras podía palparse el silencio tenso de los estudiantes, que escondía seguramente una risa sofocada y que le hizo saber a Alvar que estaba a punto de hacer el ridículo; antes de caer en él pronunció entonces, con toda la calma que pudo, un «como quiera», y la conminó a que arreglaran el asunto al final de la clase. Mientras le hablaba vio brillar una hilera de gotas de sudor sobre el labio superior de la muchacha. Enseguida, hizo como que se olvidaba de ella.

A mediados de agosto ya era un hecho que Alvar estaba enamorado de Irene y, por primera vez en la vida, debilitado y conmovido por una pasión inmanejable.

4

Mi vida sentimental, un pozo con un brocal lleno de aristas, pensó Alvar, mientras repasaba la historia de sus relaciones afectivas. *Tres, cuatro tal vez, son las veces que un hombre logra enamorarse a lo largo de una vida,* le había dicho Alvar a Silvia, y eso es ya bastante, pensó, convencido de que muchas personas se mueren sin enamorarse, o habiendo confundido el amor con otra cosa.

Las mujeres, es verdad, se habían interesado pronto en Alvar, si interesarse era hacer remilgos desde su rincón para llamar la atención o pasar por su lado riéndose de manera más bien estúpida para obtener una mirada. Alvar era un tímido incorregible, un introvertido, palabra que su madre había aplicado para describirlo a sus amigas cuando él tenía diez años, haciendo que se estremeciera y se sintiera ofendido pues creía que hacía referencia a una perversión congénita, a una aberración o pecado. Precisamente por aquella época había tenido lo que consideraba su primera experiencia sexual, o algo parecido, con consecuencias bastante lamentables. Había sido en el Chevrolet Impala color cereza que recién había adquirido su padre, con Helga, una prima de dieciséis años y labios cremosos que había venido de Sofía, donde su tío tenía un cargo diplomático, a pasar vacaciones con la familia. Irían a la finca, a pasar un mes, como todos los años. La madre había decidido llevar a la criada para que reforzara las tareas domésticas, así que Mariana, Rosalba, Helga y Alvar se habían embutido literalmente en el asiento trasero, donde éste había percibido de inmediato la mezcla del olor un tanto acre de Rosalba con los de fruta y mantequilla de su hermana y su prima, húmedas todavía de la ducha de la mañana.

Había quedado pues Alvar prácticamente en cuña entre Rosalba y Helga, que llevaba unos shorts diminutos de los que salían sus piernas, cubiertas de un vello finísimo, que se rozaban con las suyas, patéticamente delgadas entre sus bermudas caqui. No fueron, sin embargo las piernas de Helga las que estimularon su sensorialidad, exacerbándolo en cuestión de minutos, sino el seno derecho de Rosalba, pequeño y redondo, que punzaba su brazo izquierdo al vaivén de los movimientos del carro, pues había extendido el suyo detrás del de Alvar, como queriendo no incomodar, o tal vez porque se sentía mejor en aquella posición oblicua. Aquella mórbida sensación no buscada se correspondía, sin embargo, con otra que suscitaba en él una mancha oblonga que Helga tenía en la cara anterior de su muslo, mancha aterciopelada de un color marrón claro que lo atraía de manera perversa, de modo que su mano debía contenerse para no tocarla, paro no acariciar su superficie ligeramente elevada y lisa. Mientras una parte de su cerebro se aferraba, pues, a la caricia tensa del seno de Rosalba, su mirada no se separaba de aquella marca sagrada, y entre uno y otro punto de aquellas coordenadas se estiraba, como una banda elástica, una sensación que erizaba su piel en cosquillas insoportables. Un peso equívoco comenzó a oprimir sus ingles, a hinchar su miembro que él, afligido, trataba de ocultar casi al borde de las lágrimas, poseído por una fantasía que en aquel momento le pareció no sólo vergonzosa sino pública, como si sus ojos proyectaran en el aire las imágenes que daban vueltas en su mente indomable.

Tan nuevas y confusas eran aquellas sensaciones para Alvar, tan placenteras y dolorosas, que sentía que debía llamar la atención de su madre o de su hermana, pues un peligro lo amenazaba, pero también que debía callar para evitar la deshonra; en tales dudas se encontraba cuando los ojos siempre alerta de Mariana se fijaron en su rostro vacilante, tal vez pálido, en sus labios demudados y en sus piernas apretadas, como comprendiendo que algo grave estaba por suceder. Los labios de la muchacha se habían abierto entonces como para decir algo, su mano, de dedos largos y finos se habían extendido hacia su frente con el propósito de acariciarla, y tal vez aquellos gestos lo debilitaron, minaron su fuerza de voluntad, su pequeña capacidad de resistencia, porque de inmediato un doble vaciamiento se dio en su cuerpo, el del torrente de lágrimas desatado sin pudor ninguno, y el de la sustancia caliente y penetrante que empapó sus ingles, sus muslos, su pantalón, y descendió sin trabas hasta el cuero del asiento del carro humedeciendo los muslos de Rosalba y de Helga.

Todavía hoy lo aturdía el recuerdo de las carcajadas de Helga, de los chillidos y aspavientos de Rosalba, que apartaba su vestido de la piel con abierta repugnancia, «se orinó Antonio, se orinó, pare Ismael, pare, no llores, lindo, no llores, por qué no dijiste a tiempo, no puedo creerlo», Helga desternillándose de la risa, y Alvar con las bermudas empapadas, erizado de frío y vergüenza, sin comprender como pudo suceder aquello.

El deseo, había pensado en esa ocasión, siempre está peligrosamente cercano de lo más repugnante y vergonzoso, de aquello que la cultura nos ha enseñado a ocultar y a disimular. *Weininger dijo alguna vez que el amor conduce a la grandeza y el deseo sexual es enemigo de ella*, había escrito en aquellas páginas inclasificables Alvar, y la vida pareciera confirmarlo.

Había citado a Weininger siguiendo esa aséptica costumbre de la academia que siempre puso en práctica, aunque finalmente había llegado a despreciar: la de rendir veneración a las palabras de otros, como si finalmente el tiempo no hiciera irrelevante quién dice esto o lo otro, como si no fuera verdad aquello del autor único; y mientras las escribía no pudo dejar de pensar en que el propio Weininger no era ya nada, como también nada sería él mañana, sólo un montón de polvo, de huesos que se deshacen, y en el caso de Weininger un dato enciclopédico, un ser del pasado que cobra vida en nuestras mentes por unos minutos para volver enseguida a su nada eterna.

Soy un repugnante filósofo de bolsillo, un trascendental irremediable, había pensado Alvar después de escribir aquellas palabras, apresurándose a borrarlas, como si un pudor estético lo agobiara hasta hacerlo enrojecer.

Su madre no había podido disimular aquella vez su consternación y su rabia, cómo se explicaba que alguien con diez años no pudiera controlar sus esfínteres, qué tipo de imbécil era ése que no atinaba ni a controlarse ni a avisar, mientras el chofer abría el baúl, y su hermana y Rosalba buscaban una pantaloneta limpia, y él, desnudo, lloroso, ridículo y avergonzado, hecho un ocho en el fondo del asiento trasero, se secaba con una improvisada toalla, tratando de ocultar su pequeño miembro ahora acobardado y vencido.

Que su padre, ese hombre siempre seguro de sí mismo y ligeramente desdeñoso y burlón, se enterara de aquel fiasco, lo llenaba de terror, de modo que cuando se lo encontró, dos días después, a la hora del desayuno, Alvar escrutó su cara con la mayor atención tratando de descifrar sus señales, pero no encontró sino su sonrisa un poco lejana, su simpatía de hombre abstraído que descendía a la tierra para frotar su cabeza y continuar inmerso en la conversación con su tío, con el que hablaba a menudo sobre caza y pesca, dos de sus aficiones preferidas. Como queriendo confirmar totalmente su primera impresión, que lo llenaba de alivio, Alvar miró entonces a su madre, pero sin ningún resultado, pues era maestra en el arte de la contención y el rigor.

La imagen de la anciana orgullosa y sin embargo frágil que siempre fue, la de la insoportable tirana de la vejez cuyo rostro se hizo desagradable a fuerza de quejas y reproches, desdibujaba hoy en la memoria de Alvar la imagen de la madre joven, no enteramente bella, pero de rostro lleno y formas sensuales. La de la mujer morena, cuya nuca llena de un dulce vello oscuro le gustaba tocar cuando era apenas un niño de cuatro o cinco años. Desde la ventana de su cuarto, en la finca sabanera en la que pasó sus primeros años, la veía llegar de sus cabalgatas dominicales, despeinada y con los ojos brillantes, montada en el caballo que le había regalado su abuelo, y el corazón le empezaba a latir, deseoso de una caricia de aquella mujer tallada en piedra.

Su madre jamás había podido soportar el éxito social de su padre, su halo deslumbrante en el que caían atrapados los que lo conocían, y del cual ella escapaba con una discreción llena a la vez de elegancia y de sombra. Viéndola, Alvar no había podido dejar de pensar en las palabras de Scott Fitzgerald, según las cuales «toda vida no es sino un lento proceso de derrumbamiento». Con la minuciosidad y persistencia con la que la mayoría de los hombres mutilan su espíritu, la madre de Alvar fue abandonando todo lo que la hacía feliz: las cabalgatas en la finca, la música de Schumann, la pintura, las tardes dedicadas a bordar, el cine de vez en cuando, en compañía de su hija Mariana, hasta quedar convertida en la anciana agria, soberbia e injusta de los últimos años. Lo único que no dejó jamás fue su gusto por el Benedictine, que empezaba a tomar a las tres de la tarde, y que ya a las ocho la reducía en una inmanejable somnolencia.

Mientras quemaba sus fotografías, y sus cartas, y todo aquello que su hermana piadosamente le había dado como un recuerdo después de su muerte, mientras veía arder todo aquello de manera casi alegre en el patio trasero, aprovechando la ausencia de Irene, había recordado Alvar los seis años en que dejó de hablarle y de verla y de visitarla aunque estuviera enferma; no sintió remordimiento alguno, pero los ojos se le llenaron de lágrimas, no de recordar a la anciana desvalida a la

que acompañó en su agonía sin desfallecer un minuto, sino a la joven morena de *breeches* color caqui
a la que se prendía con desesperación suplicando
una caricia allá a finales de los años cincuenta. Se
preguntó si la esterilidad de su propio corazón na-
cería de aquel castigo temprano, de su frialdad que
pretendía ser formadora, y concluyó que no, o
que quizá sí, pero sólo como parte de un proceso
infinitamente más vasto y demoledor que él mismo había ido labrando con la mayor lucidez y pasión.

5

Tres semanas después de la muerte de Alvar me cité en un café con Juan Vila, su único amigo con excepción de Marcel. Éste, por una fatalidad atroz de la que me enteré más tarde, había muerto el mismo día que Alvar, apenas unas horas antes, de modo que muchos de los amigos comunes debieron ir a dos entierros el mismo día. Pero además, en caso de haber estado vivo, no me habría sido de ninguna utilidad, pues no sólo había estado recluido durante casi un año en un asilo de ancianos, según algunos víctima de Alzheimer, sino porque estaba segura de que su amistad con Alvar había ignorado siempre la confidencia.

Decidí ir caminando para matar la impaciencia, y mientras recorría las veinte cuadras bajo un sol apacible me abrumó de golpe el recuerdo de los días torrenciales de mi relación con Alvar, el desierto irreparable de los años siguientes y las noches amargas que se convirtieron en cartas impecables, austeras, temblorosas, que durante meses escribí para no morir, sobreponiéndome a la humillación del silencio. Como contrapartida tenía ahora entre mis manos este legajo de papeles escritos de manera acezante, estas páginas de escritura voraz y erizada, confesiones y reflexiones entrañables que retrataban a un Alvar para mí desconocido, bola de palabras que había echado a rodar hasta mis manos como si contuviera un mensaje y que sin embargo seguían encerrando en su centro un corazón de hielo.

No podía ignorar la fuerza de ese gesto melodramático, tan ajeno a la naturaleza de Alvar, pero, ¿debía sentirme agradecida por ello? ¿Qué perseguía al enviármelo, precisamente a mí, después de un silencio obstinado de años? Me parecía imposible, por lo demás, que pensando en mi condición de editora, me estuviera insinuando una publicación, sobre todo por tratarse de un texto sin ningún pulimento, sobre el cual un lector medianamente riguroso habría opinado que estaba en estado bruto, y por venir de quien venía, un perfeccionista extremo, que no había publicado, por feroz sentido de la autocrítica, sino un puñado de breves escritos en toda su vida.

Unos días después de la muerte de Alvar, una vez que el aturdimiento inicial diera paso en mí a una tristeza sosegada y por eso mismo tal vez más definitiva y abrumadora, me había dirigido, como llevada por un impulso, al parque del Brasil, donde alguna vez, al atardecer, estuvimos conversando durante un buen rato, mientras unos colegiales jugaban ruidosamente con una pelota. Sentada en el muro de ladrillo, en el mismo lugar en donde hacía ya nueve años nos habíamos sentado, permanecí casi una hora, según comprendí después —como siguiendo un ritual lleno de morboso sentimentalismo— contemplando cómo se hacía de noche.

La luz era distinta ahora a la de aquella ocasión, menos cálida y brillante, y, me pareció así, menos alegre y vivaz. Las extravagantes arcadas del parque, en principio todavía enrojecidas por el sol crepuscular, fueron adquiriendo a medida que pasaban los minutos un aspecto lúgubre, de modo que llegué a asociarlas, de manera un poco absurda, con los arcos de ciertos cementerios de Galicia, profundamente misteriosos en su desolación.

A la derecha de donde yo estaba volví a ver el estoraque de hojas aserradas que Alvar me hiciera notar aquella vez, florecido de manera tan ostentosa que parecía como si la tarde se hubiera remansado toda en él, incendiándolo con su luz rojiamarilla, y recordé que entonces había acotado, como sin querer, que su tronco exudaba liquidámbar. *Liquidámbar*, dijo, *una palabra cursi de nacimiento a pesar de su equívoca belleza, de su sonoridad.* En una vecina acacia blanca vinieron entonces a posarse algunos siriríes y carboneros, cuyos chirridos fueron milagrosamente, durante unos minutos estremecedores, el único sonido de la tarde.

Allí, mientras aspiraba un nostálgico olor a humo de procedencia oculta, que con frecuencia he constatado que producen las ciudades a la hora crepuscular, cerré los ojos e imaginé la espalda de Alvar, sobre la que yo había recostado tantas veces mi cabeza, su cuello firme, su olor a nada, a ropa limpia tal vez, hasta que la sensación de su cuerpo fue tan viva y verdadera que me resultó intolerable, como en los dolorosos tiempos de su abandono. Fue entonces cuando concebí la idea de dar una última batalla, aunque la victoria a la que aspiraba fuera, eso lo sabía de antemano, meramente simbólica, tristemente pírrica. Para llevarla a cabo tendría que exponerme llamando a Juan Vila, quizá la única persona que podría ayudarme.

De regreso, mientras manejaba hasta mi apartamento, vinieron a mí muchos de los diálogos de aquellos tiempos primeros, y muchas escenas de amor vividas en esos meses llenos de plenitud y sobresaltos, recuperados de manera tan minuciosa y precisa, tan repentinamente lúcida, que sólo podría explicarse como parte de un proceso de liberación de la memoria por la ausencia definitiva de Alvar; mentalmente volví también una y otra vez sobre sus papeles, ese regalo con que me abrumaba después de su muerte, él, que jamás escribió un mensaje electrónico, ni hizo una llamada, ni contestó nunca las cartas, contenidas, cerebrales, deliberadamente literarias que envié durante meses a la dirección de su estudio; volví sobre ellos como deseando penetrar en lo no dicho, y mientras lo hacía lo vi de nuevo en la mesa de expositores de aquel vasto salón de conferencias, dueño de una belleza afrentosa en un país de feos, vestido con unos pantalones de pana azul oscura y medias grises, un detalle sin relevancia pero que aún no olvido. Y es que cualquiera que viera una vez a Alvar lo recordaba fácilmente más tarde, pues tenía una belleza altiva y extraña, que alejaba en vez de acercar, y que nacía de su frente alta, su ceño dramático, sus ojos hundidos y su mentón rotundo; abstraído, la boca apretada en un mínimo rictus de desdén, esperaba allí, ni ausente ni presente, la hora de su intervención.

Poco a poco, como quien prueba con desconfianza la temperatura del agua hasta encontrarla cómoda, entré en aquella ocasión en las palabras de Alvar, austeras y precisas y provocadoras, de un racionalismo aplastante, hasta probar la fruta prohibida de su lucidez despiadada, que iba a arrastrarme, paradójicamente, al mundo sin salida de las sinrazones.

La charla de Alvar había sido un pequeño milagro creativo en medio de la aridez caliza de aquel congreso, que como todos los congresos no era sino un pretexto para beber y comer, una ocasión de conocer gentes sin interés a las que olvidamos apenas subimos al avión de regreso. Y sin embargo, unas horas más tarde su nombre ya no me decía nada.

Dos días después, en una de las placitas de Chimalistac, lo vi sentado, solo, protegido del sol por unos lentes oscuros, e intercambiamos un breve saludo. Alvar nunca fue simpático, y tampoco lo fue entonces, así que ni siquiera intenté detener el paso. Tal vez por eso, cuando al día siguiente subí al avión, me inhibió, pues, y me sorprendió, ver que era mi compañero de silla.

Soy de aquellos viajeros que se refugian de forma compulsiva en su lectura para no tener relación con sus vecinos, pero me resultaba imposible ignorar totalmente a aquel personaje sin incurrir en descortesía. Así que intercambié con él unas cuantas frases antes de sacar mi revista y concentrarme en un artículo sobre la novela inglesa. Dicen que las mujeres lo recordamos todo con detalle mientras los hombres sólo recuerdan a grandes rasgos o tienden al olvido, y debe ser así porque las minucias de ese viaje las recuerdo con nitidez, como todo lo que desde entonces tuvo que ver con Alvar. En la inevitable charla que sostuvimos en las últimas horas de vuelo, mientras nos tomábamos una botella de vino, noté que sus frases no se sucedían con fluidez, como en los buenos conversadores, sino que caían abruptas, ariscas, a veces lapidarias, evidenciando los silencios que las separaban, y aún así la encontré entretenida, gozosa por su humor despiadado, que empataba con el mío, y extrañamente cálida para ser la primera entre dos desconocidos.

Nada nos contamos aquella vez de nuestras vidas, salvo algunos datos mínimos sobre nuestra profesión: Alvar recordó haberme visto en más de una ocasión en la universidad, muchos años antes, cuando trabajaba con Vila en la revista de la facultad de Derecho. *Su cuello*, dijo, *me recordaba esa Madonna del «collo lungo» del Parmigianino.* Nada pude responder a aquel halago, tan propio de un seductor, pues no recordaba la tal madonna. Pero me sorprendió no haber visto nunca en el campus a aquel profesor cuya belleza no podía sin duda pasar inadvertida. En cambio conversamos largamente de las más variadas cosas hasta terminar en el tema de los paisajes sobrecogedores, de los lugares que alguna vez nos marcaron la memoria de manera indeleble.

Alvar me contó de un viaje suyo a Huelva, de la Sierra de Aracena, poblada de alcornoques y castaños, y del Estuario de Guadalquivir, que le había impactado por sus muchas playas de arena dorada, pero, sobre todo, porque allí cerca se levanta una pequeña ciudad llamada Niebla, cercada de murallas moriscas que Alvar describió aquella vez como sobrecogedoras. *No era aún el mediodía cuando desde la carretera divisé Niebla*, me contó Alvar, *desdibujada por los vapores que subían del que después supe se llamaba río Tinto, y fue tal la fascinación que me produjo esa imagen fantasmagórica, sus murallas que parecían temblar con la luz de la hora, que decidí entrar y explorar lo que imaginaba bellí-*

simo. Resultó ser un pueblo desvencijado, de casitas inclinadas y puertas muy estrechas y muy bajas, ni más bello ni más feo que muchos otros, pero cuando llegué a la plaza me sobrecogió la certeza de no haber visto hasta entonces ni un alma, aunque sí dos o tres perros callejeros y unos cuantos cuervos sobre los edificios principales, todos limpios y mantenidos como si estuvieran habitados. Dos o tres mujeres vi luego, de lejos, que parecían esconderse de mis ojos, y así, solitario y como embriagado por el silencio y el cielo azul sin una nube caminé por quince o veinte minutos por sus callejuelas buscando dónde tomarme un café, hasta encontrar, por azar, un puente que me condujo a un parque periférico, lleno de encinas y de unos extraños árboles de hojas lila que nunca he vuelto a ver. Allí, me dijo Alvar, *sentado en una banca de madera, bajo el sol apenas tibio de una primavera incipiente, me sentí el último habitante del mundo, absolutamente sereno y feliz.* Un anciano desastrado que entró luego al parque le había explicado al fin, que todos los habitantes de Niebla salían a trabajar muy temprano a los alrededores o simplemente pasaban toda la semana en Cádiz, por comodidad, rompiendo con su explicación el aura misteriosa de aquella soledad.

Mientras contaba esta pequeña anécdota Alvar no me miraba, sino que miraba hacia delante, como si hablara para sí mismo. Un rato después, como quien se aburre repentinamente de su propia conversación y de la de los demás, anunció que dormiría un rato.

Cuando despertó aún faltaba tiempo para aterrizar. En lo poco que habló creí descubrir entonces una hosquedad filosa, una sequedad que no tardó en incomodarme. Me silencié yo también, tratando de no darle importancia, consciente de lo extraños que suelen ser estos encuentros entre viajeros. Pero ya todo estaba hecho, aunque yo no hubiera comprendido todavía.

Ahora, sentada allí, en aquel sitio esnob donde los meseros vestidos de chaquetas blancas y zapatos de charol parecían nadar como carpas entre las mesas —Juan Vila llegaría en veinte minutos si el tráfico se lo permitía, yo había llegado innecesariamente temprano— descubrí en ese recuerdo ya desdibujado un anticipo de crueldades carniceras. Prevemos el dolor, pensé, y sin embargo nos lanzamos a la aventura pues la preferimos al domesticado tedio. Los errores, cuando ya no se pueden reparar, resultan insoportables. Demasiado tarde, me dije, mientras veía en la calle las caras anodinas de los transeúntes, que pasaban fugaces y remotos, como estrellas de otra galaxia.

6

Unos meses después de que Mariana lo abandonara para siempre por correr detrás de aquel hombre en cuya cara había siempre un gesto de tonta placidez, el amor le había llegado a Alvar en forma abrupta y lo había postrado sin remedio. Tenía trece años, esa edad en la que el yo es apenas la suma incoherente de unos cuantos rasgos desdibujados, cuando su maestra de historia lo hundió, en virtud de sus ojos acuosos que hacían juego con su delantal azul, en el peor de los trastornos.

Hablaba su maestra de Dracón, de Cómodo, de Calígula, cerrando levemente los ojos para enfatizar sus crueldades, y mientras hablaba su voz navegaba en el torrente sanguíneo de su estudiante haciéndolo hervir hasta llenarle los ojos de lágrimas. *Si ella alargara su mano llena de hoyuelos y la pusiera sobre mi cabeza,* pensaba entonces Alvar, *me arrodillaría suplicante a sus pies a pesar de mi metro sesenta, le confesaría mi pasión vergonzosa,* sus horas de ensoñación en que la llevaba en brazos hasta su cama y la despojaba de su delantal y de sus zapatos de bailarina, nada más que de aquellos dos adminículos, extrañamente, para darle luego besos en sus pies de condenada a muerte, que debían oler a vainilla. Por una mirada amorosa de su maestra de historia él habría dado la vida, que entre otras cosas era entonces un miserable sucederse de días afligidos, barros intempestivos, eyaculaciones nocturnas, odio a su madre y a las madrugadas y a Dios, que no se compadecía de su sufrimiento.

Aquella experiencia le había hecho saber que nunca es más irreal el mundo que cuando amamos. Y que si el amor no es correspondido, si es un amor imposible, la consecuencia resultante es no sólo que un mundo de fantasías e imaginaciones suplanta al mundo real y lo desplaza, sino que el yo, cortado su nexo con el tiempo real, queda en un estado de suspensión perpetua, de flotación en un mar de deseos y frustraciones. Hundido en un silencio poblado de visiones, irritable y asocial, Alvar evadía en aquellos días los ojos azules de su maestra porque le hacían daño.

Ésta había incurrido entonces, desvergonzadamente, en la actitud complaciente de sus tías y sus primas. Entre el grupo de alumnos lo prefería de manera descarada, alababa sus trabajos, y encendía, en fin, sin proponérselo, su pasión, poniendo a volar sus esperanzas a la hora de la duermevela, que terminaba a menudo en un ejercicio masturbatorio. ¿Pero, cómo, cómo, sin caer en el ridículo, hacerle saber que la quería? En su obsesión Alvar había escrito unos cuantos poemas de amor, los primeros y últimos que escribiría, y también se había dedicado a lo que después llamaba sus monachos, dibujos que absorbían su tiempo y su desesperación. El día en que descubrió que Bermúdez, un grandulón de último año, la esperaba diariamente en la esquina del colegio, lloró su pena con un llanto seco. Los celos lo condenaron, automáticamente y sin remedio, al bando de los débiles y los impotentes. Tuvo fiebre y pesadillas, deseos de suicidio, de asesinato, y ataques de autocompasión. Perdió álgebra, educación física, ciencias y literatura, y en historia sacó el más desdeñoso tres con cinco que podía imaginar. Y así estaba, enajenado y embrutecido por el amor, cuando llegó la muerte de puntillas y le tapó los ojos, hasta entonces alelados en su maestra de historia.

Su padre, aquel hombre formal y galante y aventurero, que había escrito unas memorias de viaje donde contaba cómo se había perdido siete días en el Sahara, su padre, hermoso a sus cuarenta y ocho años, murió de golpe. Lo hizo de una manera irrisoria pero que su familia encontró dignísima y que dio de qué hablar a sus tías y a su hermana y a su propia madre durante años, pues fue atropellado por un carro cuando, como Gaudí, daba unos pasos atrás para observar con cierta distancia la fachada de los almacenes Hogar cuyo edificio él había levantado. Cuando alguien, tal vez su tía Nena, aficionada al whisky y a las biografías, descubrió la coincidencia de las circunstancias de esas muertes, se llenó de orgullo, y se lo hizo notar al resto de la parentela, que de inmediato vio en este hecho significaciones escondidas y un motivo más para reverenciar la memoria de un hombre de talento, encantador y generoso.

La supuesta belleza trágica de esa muerte no impidió que mi padre fuera llevado a la funeraria con la cabeza convertida en papilla, había escrito Alvar, *pero esto sólo lo supe por la criada, que se las ingenió para contarme que al cadáver se le habían desorbitado los ojos, y que su testa aristocrática, de cabellos entrecanos y frente lúcida, había tenido que ser acomodada entre vendas como un pastel mal cocido.*

Este grotesco espectáculo jamás lo habrían podido contemplar Mariana o Alvar con sus propios ojos, no tanto por consideración con sus sentimientos cuanto por un sentido estético que primó siempre en su casa, y que hacía que fuera de pésimo gusto ver la belleza de un padre formal, galante y hermoso desleída en materia irreconocible.

Durante noches y noches Alvar había tenido pesadillas en las que lo veía caminar por los corredores de sus sueños como aquel monstruo creado por Frankenstein, de modo que esas visiones aterradoras sofocaron su dolor o por lo menos le quitaron su forma.

Paradójicamente, aquella muerte le había traído beneficios: la compasión de los adultos no tardó en manifestarse como abierta tolerancia. Los maestros le ponían de repente la mano en el brazo o en el hombro y se hacían los de la vista gorda con las tareas incompletas. Y su madre misma, rompiendo sus rigores, le permitía a veces que viniera hasta su cama y viera televisión hasta más tarde. Cuando, venciendo la inhibición, recostaba la cabeza en su hombro, buscando una calidez inexistente, una imagen culposa le rozaba la frente como una espina: veía a su madre entre el ataúd, tan rígida en su muerte como en su vida, mientras su padre le acariciaba el pelo con aquella enorme mano que él tanto apreciara de niño.

Ahora que he llegado y sobrepasado los cincuenta años, decía Alvar en su escrito, *no puedo sino alegrarme de que mi padre haya muerto a los cuarenta y ocho, una edad en que nos acercamos ya pero aún no estamos en esa década lastimosa en que no somos jóvenes pero tampoco viejos, y comprendemos de golpe la magnitud de nuestros fracasos, que aparecen de un día para otro y con total evidencia como las manchas de la piel y las pequeñas enfermedades que anuncian otras más repugnantes y ominosas. Ahora que he llegado y rebasado tal edad, repetía, imagino a mi padre como un hombre solitario a pesar de su sociabilidad manifiesta, de su manera de asumir sus tareas, impecable y estricta, un hombre en cuya mirada, ahora creo saberlo, había en últimas un deseo de muerte, de evasión, y al que sus hijos le estorbábamos como nos estorba cualquiera cuando la vida es una espina enconada.*

Había tardado algunos años en recuperar la imagen verdadera de su padre, los ojos de párpados soñolientos, que había heredado su hermana, la memoria de su cuello, donde latía una vena azulosa, las manos cuidadas y enormes y el sabor total de aquella pena que se escondió de manera taimada y que tal vez había envenenado su aire, *pues muchas veces, inmediatamente después de su muerte, sentí que no podía respirar, que por mis venas corría una sangre espesa y enferma que anunciaba mi propia muerte,* había escrito Alvar. Un día cualquiera, y sin proponérselo, al término de una adolescencia solitaria y soberbia, vio a su padre en la fotografía que la madre había colgado en su cuarto desde su muerte. Vio sus ojos lejanos, que miraban con ironía, su frente aristocrática ligeramente ensombrecida, la boca sonriente, el labio superior curvado por un gesto crítico en que él mismo se desmitificaba frente a la cámara, y *vio*, creyó ver, algo de aquel espíritu que nunca pudo aprehender mientras vivía. El dolor que había estado esperándolo en algún lugar de sí mismo soltó entonces sus riendas, y lo poseyó. En la intimidad lloró añorando unas conversaciones que tal vez fueran imaginarias, unas caricias que recordaba vagamente; es decir, mientras lloraba soñó con un padre posible pero falso simplemente por irreal, *pues los padres y los seres de los que nos enamoramos suelen ser meras supersticiones del alma*, pensó.

Se dedicó a buscarlo en toda huella, en todo resquicio. En el último año de bachillerato, sin proponérselo, encontró Alvar un padre más verdadero y tangible a través de su biblioteca. En las tardes, encerrado en ella para que su madre no lo molestara, y mientras leía a Schopenhauer y a Stendhal y por supuesto *La náusea* de Sartre —que hoy le resultaba asquerosa—, y mientras oía el tercer cuarteto de Brahms o el *Réquiem* de Fauré o la voz animal de Janis Joplin, envidió muchas veces la muerte de su padre y envidió, en general, a los muertos, que debían vivir en ese magma oscuro que de pequeño era para él la eternidad, sin bordes, sin límites, como una de esas visiones del polo, estremecedoras, cargadas de un silencio de hielo; e imaginó muertes posibles y dulces y sobre todo discretas, donde no hubiera sangre ni violencia como en aquella muerte de su padre que tan fascinante le había parecido a sus tías.

Esta fascinación por la muerte que iba a acompañarlo siempre, lo llevó, indirectamente, a cometer un parricidio: el del padre nuestro que vive en los cielos. La cabeza de ese dios promovido como justo, misericordioso y omnipotente, fue cortada de tajo por el joven introvertido que buceaba ya en las aguas calmas de Spinoza y en las más turbulentas de Federico Nietzsche. Apenas si sintió una ligera perturbación, pues un dios más poderoso y exultante había nacido en su pecho: el dios de los descubrimientos.

7

La vida no sabe de proporciones. A los dieciséis años, como si respondieran a un conjuro mágico, se abrieron tantas puertas ante los ojos de Alvar que su impresión fue de agobiante felicidad.

Lo que apareció en la primera de ellas lo puso en contacto con ese nivel de absoluto que desde entonces necesitaría a menudo para poder seguir viviendo y produjo el efecto de un bálsamo en su joven alma desasosegada: venía enmascarado en un puñado de signos ordenados sobre un papel, cuyo momento definitivo era la fórmula $F=GM/r^2 + C/r^3$, por medio de la cual se marca el abandono de la gravitación newtoniana. Una historia de la física, escrita por uno de esos autores capaces de ver toda la poesía que contiene el universo, le reveló, de manera sucinta, los postulados básicos de Newton —cuya cinemática propone el estudio del movimiento del mundo sin mundo— y los más audaces de Einstein, que abandonando para siempre la geometría euclidiana, propuso un espacio-tiempo dinámico que desembocó en el principio de relatividad general y en sus teorías sobre la inercia y la gravitación. La fuerza de las mareas y su relación con la luna, el movimiento de los planetas alrededor del sol, la existencia de las galaxias y el nombre de las constelaciones y los misterios de la luz y del tiempo, hicieron que Alvar volviera a mirar hacia el cielo, no ya para encontrar a un Dios definitivamente muerto sino para descubrir un cosmos con el cual él se podía consustanciar o en el que al menos podría encontrar un lugar. Y es que en su mente iba a haber siempre una compulsiva necesidad de orden. Al final de su adolescencia anhelaba, pues, un conocimiento en el que las grandes incertidumbres, los oscuros paisajes inquietantes, derivaran en un develamiento cósmico, en el trazo de unas líneas cuya comprensión prometiera el descubrimiento de un secreto consolador. Quería perseguir ese secreto, poseerlo, hacerlo brillar como una estrella en su oscuro cielo de horizontes desdibujados. Poder unir la belleza y el pensamiento, la voluntad y la sensibilidad, poder volar, como una cometa ávida de viento, pero siempre unido a la tierra por un lazo tan firme como un cordón umbilical, qué consolador resultaba.

A la hora de escoger que estudiar, sin embargo, Alvar optó por la arquitectura, en parte porque significaba una manera de ponerse en contacto, aunque fuera tardíamente, con el mundo de su padre, en parte porque se le antojaba un territorio propicio para conciliar su gusto por el dibujo con la pasión por las matemáticas y la geometría. Pero no alcanzó a cursar sino dos años, pues por el camino su vocación teorizante lo empujó sin remedio a la física, que le garantizaba un mundo de estructuras perfectas, de mundos autónomos que podían ampliarse y multiplicarse desde la imaginación y el rigor lógico; y la física, en una especie de espiral que era también una síntesis, lo arrojó a su vez al terreno de la estética y la filosofía. Con el paso del tiempo iba a abominar de la especialización, esa cárcel laberíntica que impide a tantos talentos alzar vuelo. Y aunque muchos de sus alumnos apreciaban esa manera singular de acercarse a las cosas, tan poco ortodoxa, la universidad le iba a hacer pagar un precio por ello.

Si la realización del deseo sexual es otra forma de comunión con la divinidad, habría que decir que Alvar accedió a ella, aunque su rostro sagrado se viera afeado por algunas torpezas: todo comenzó en una discoteca, la Mamut Rosa, tan oscura como para ocultar los escarceos de una generación atraída por la palabra liberación pero todavía inhibida de usar la píldora, y terminó en el sofá de una casona donde los padres estaban de viaje y un niño y una criada dormían en habitaciones remotas. Alvar, cuyas amantes no fueron nunca tan numerosas como muchos pensaban, tenía todavía unos pocos recuerdos de aquel episodio: el blanco hiriente de unos senos, los pantaloncitos azul pastel sobre la alfombra, los *brackets* brillantes en los dientes que mordían el labio inferior, y su propio miedo, las manos torpes, la eyaculación precoz sobre el pubis de la muchacha y las palabras de ésta, delicadamente consoladoras.

Tenía un nombre raro aquella muchacha, Lolai, y era porque sus padres eran extranjeros, nunca supo muy bien de dónde. Era cuatro años mayor que él, alta y rubia, con los ojos un poco estrábicos y la nariz afilada —un tipo de mujer que no iba a gustarle después— y además una muchacha aplomada, que sabía hacer espagueti con boloñesa y sombreros de fieltro que su madre vendía en una pequeña boutique de su propiedad. Después de aquella noche se vieron todavía unos meses más, y en alguna ocasión se besaron y se acariciaron, pero una fuerza helada les impidió ir más allá. Al final del año Lolai se devolvió para Cali, donde había transcurrido su infancia, y desde esa ciudad le escribió dos o tres veces.

La conclusión que sacó Alvar de aquella fugaz relación no tuvo que ver con la ternura, que no había escaseado, ni con el amor, que no había existido, sino con algo aparentemente más nimio y sin embargo fundamental: el ritmo, un ajustarse a un orden en el que debía intervenir la voluntad. Su fracaso sexual lo había remitido sin remedio al episodio de Helga y lo había hecho consciente de que aún era un niño. Sintió rabia. A menudo su piel se incendiaba de deseo, y una pulsión animal lo ofuscaba, lo aturdía, le impedía concentrarse en sus tareas. El placer se abría a sus sentidos como una moneda de fuego. Debía poder tocarla sin quemarse.

Una puerta más iba a abrirse aún ante sus ojos: su profesor de filosofía, desafiando la posible ira de los padres y de las autoridades escolares les dio a leer el manifiesto comunista, y algunos textos de Engels y de Trotsky sobre el arte y la cultura. Después de leerlos el mundo fue de repente para Alvar un lugar donde, al lado de la injusticia y el irrespeto cabían el entusiasmo, la fe, el sueño utópico. A sus años la contradicción era, además, una forma de liberarse del tedio y de parapetar el pobre yo. Empezó a asistir a un grupo de estudio donde había algunos universitarios. Allí, unos muchachos solemnes leían comunicados que quemaban después, hablaban en voz baja, se citaban a la madrugada para llenar de *graffitis* las paredes y desarrollaban una jerga pendenciera. Cuando Alvar entraba a su casa de puntillas, para no despertar a su madre, sentía que venía investido de una dignidad nueva, que estaba destinado a grandes misiones.

Por esos días, además, el jovencito larguirucho había empezado a mutar: la barbilla se hacía angulosa, viril, los ojos hundidos comenzaban a darle a la cara ósea un toque dramático, el cuerpo se iba anchando imperceptiblemente, el pecho y los brazos se llenaban de vello. Como Narciso, Alvar empezó a ver el reflejo de su belleza en las miradas de los otros, en el silencio que a menudo se hacía a su alrededor. La hermosura, cuando es extrema, crea un aura que espanta por inhumana. Aún siendo la suya una belleza imperfecta, tenía algo de divino. En un principio, como alguien a quien le cayera una nube en los brazos, no supo qué hacer con ella. Cuando reaccionó, sin embargo, fascinado consigo mismo frente al espejo, se dijo que, puesto que la belleza trae amarrado al amor, éste ya no iba a faltarle. Se podría dar el lujo de escoger entre las muchachitas que no disimulaban frente a él su encantamiento, besarlas detrás de las puertas y hasta acostarse con ellas como contaban sus compañeros que hacían, entre un Volkswagen en una calle cerrada o entre un baño en una discoteca. La realidad fue otra, menos excitante y novedosa, al menos inmediatamente. El miedo a las mujeres y probablemente a sí mismo lo detuvo todavía durante dos años en un umbral de incertidumbre, hasta que la universidad le dio la oportunidad de hacer su próxima conquista, y después de ésta una segunda y una tercera. Convirtió así la belleza en una coartada, en una máscara que ocultaba sus inseguridades y que por momentos le hacía más fácil la existencia. Así habría de vivirla siempre. A menudo, sin embargo, la sentía como una coraza, debajo de la cual todo era hueco, inane, como el soplo divino que la había insuflado.

8

Aquella tarde le darían a Ramón el Premio Nacional de Ciencias. Quizá se lo mereciera. Pero Alvar pensaba ahora, sin el mayor asomo de envidia ni de rabia, más bien con una sonrisa irónica, no en los logros reales de su antiguo colega, que sin duda eran muchos, sino en la infinita red de argucias que éste había debido tejer para obtenerlo. En la universidad había hecho un camino inverso al suyo y había sido premiado: asustado tal vez por la posible acusación de diletantismo, se había concentrado en un saber específico mientras perdía la riqueza asociativa de sus primeros años, y había terminado por hablar en una jerga especializada de una realidad a la que él mismo, sin saberlo, ponía límites. *Ramón no es, sin embargo,* pensó Alvar, *un oportunista sin escrúpulos; es, simplemente, un producto típico de las universidades, un académico de aquéllos que hacen de su vida una carrera de logros concertados, una lucha persistente que incluye proyectos inflados, formularios para concursar y búsqueda desesperada de becas y apoyos internacionales.* Era normal, eran las costumbres al uso. Sólo que Alvar detestaba esas prácticas, y había permanecido o al menos intentado permanecer al margen de ellas.

Alvar sabía muy bien que a los ojos del mundo académico y científico el que brillaba estelarmente era Ramón, no él. Un Ramón que, en su opinión, después de ejercer durante un buen tiempo una beligerancia casi anárquica, había transado y pactado sin embargo con todos los poderes, con la universidad, por supuesto, a cambio de tiempo, y con las editoriales, haciendo sus libros livianos, vergonzosamente livianos, para que los comprara el gran público, y con la prensa, a la que condescendía de tanto en tanto con una de esas insulsas entrevistas que nacen de la ignorancia y la arrogancia de algún periodista, y terminan siendo una ensalada de trivialidades sin sentido.

Qué distinto de aquel Ramón juvenil que se mofaba del aire ceremonioso de ciertos intelectuales, pensaba Alvar, del que despreciaba por igual el puritanismo de la izquierda y los canallas prejuicios de la derecha. Había leído su último libro, como había leído todos los anteriores, y le había parecido contradictorio, superficial, a pesar de su prosa brillante y sus innegables destellos de inteligencia e ingenio. *Ahora que es un hombre acabado, pensó Alvar, aunque sólo unos pocos lo saben, porque sólo unos pocos saben leer críticamente o quieren leer el trabajo de un colega, ahora que él mismo sabe que ha llegado su ruina pues desde hace años se limita a repetir, con palabras distintas, lo que alguna vez dijo con profundidad y sentido, ahora que ha caído en el diletantismo que tanto tememos, se disponen a condecorarlo, a abrumarlo con frases de cajón y aplausos, que en el fondo de sí él sabe que son una despedida lapidaria, una manera de mandarlo al cuarto de los trastos viejos lleno de serpentinas y confeti.*

Ramón le evocaba a Alvar una época irrecuperable, hecha de ingenuidades y sueños y transgresiones que se parecían mucho a la felicidad. Con él y con Irene habían formado un trío singular a finales de los setenta, un trío que a veces se ampliaba con la presencia de Roberto Rozo, violinista, y de la mona Arbeláez, quien se había ido a vivir un tiempo a una comuna hippie y de Juan Salazar, que le hacía creer a su familia que cursaba leyes cuando la verdad era que no estudiaba en ninguna parte, pues quería ser escritor y se debatía con una novela —malísima, al decir de Irene—. En el pequeño estudio de Ramón oían durante horas a Pink Floyd, a Phillip Glass, a Celia Cruz, estudiaban marxismo asfixiados por el humo de los cigarrillos, se emborrachaban y comían spaghetti con una horrible salsa boloñesa, leían *Le bateau ivre*, fragmentos de *Rayuela* y poemas de Maiakovski, en fin, escalaban la cuesta de sus sueños, y allá, cerca de las nubes, con los corazones inflamados por la conciencia de juventud, que asumían como si fuera un mérito, discutían tanto sobre la necesidad de un arte nacional y popular como sobre la pertinencia de los análisis freudianos.

Eran épocas de militancia, de marchas y pedreas, de consignas y adhesiones. Maoísmo, trotskismo, mamertismo. Un primero de mayo fueron todos a marchar, excepto Ramón, quien tenía claro que no adhería a manifestaciones. A las nueve de la mañana ya estaba la multitud obrera y estudiantil organizada en dos largas columnas, dispuesta a desfilar llevando pancartas y gritando arriba y abajo y presente, con voz pausada y sentida. El grupo de Alvar se fue sumando discretamente a la manifestación, con los corazones acelerados por la emoción de estar, ahora sí, en el núcleo mismo de la realidad. Cada paso, cada palabra gritada desde el fondo de las convicciones, les henchía el pecho, los hacía sentir hombres de verdad, mujeres de verdad, colombianos de verdad, en fin, y sobre todo, comprometidos con una causa, con un sueño, con una meta. A todos, menos a Alvar, que empezó a sentirse de inmediato ajeno a aquel vocerío, a los ojos encendidos por el fervor, a lo manido de las arengas. No, no era sentido del ridículo, no era vergüenza de ser visto por otros en aquella acción beligerante, lo que le causaba aquel malestar. Era, comprendió después, una repulsa contra todo lo que era afirmado con certidumbre, un disgusto producido por la fe sin resquicios de sus acompañantes, un rechazo de lo uniforme, una profunda desconfianza en las voces de los profetas que armados de megáfonos lideraban la vasta masa. Era, en fin, un ataque repentino de individualismo que lo separaba violentamente del ejército de manifestantes y lo hacía sentir más sólo que nunca.

«Usted es en el fondo un aristócrata culposo», le había dicho, acusadora, la mona Arbeláez. Era probable. Quizá, pensó Alvar, nunca había podido zafarse del todo del sentir aristocrático que había respirado en su casa, a pesar de haber odiado pronto las ridículas pretensiones de la clase social a la que pertenecía. O quizá, simplemente, en aquel tiempo empezaba ya a mostrar síntomas de esa conciencia crítica autodestructora y cruel con los demás que le había valido tantas veces la acusación de arrogante y tantas otras veces la sensación, muy íntima, de ser un misántropo de corazón impiadoso.

Alvar trató de recordar a la Irene de esos tiempos, una Irene de piernas duras, ojos de lechuza y corte de pelo a lo *garçon*, inaprensible, tímida, dominante, con un fondo de frialdad y contención que ponía a vacilar cada uno de sus gestos. Recordó las horas exaltadas de la conquista, su vanidad herida, los rodeos que daba para verla pasar, las horas de espera, el silencio del teléfono, y su decisión de vencer a esa enemiga que ponía a latir sus sienes y a temblar sus entrañas; recordó también las horas plácidas: las muchas noches, como aquélla que pasaron al lado de una laguna de montaña, tan helada, que los helechos tenían gotas de rocío cristalizado y brillantes como cuarzos entre sus hojas, mientras el frío los obligaba a tomar aguardiente a sorbitos y miraban la luna más grande que hubieran visto nunca; o aquéllas otras, compartidas, recorridas en la madrugada, bajo una llovizna que los hacía juntarse y sentirse vivos; o las de las discotecas populares donde se confundían con los obreros y los oficinistas que iban allí a deshacer cansancios y a seducir a sus compañeras bailando salsa, merengue, son cubano; y las tardes, lentas, inagotables, en que simplemente estaban uno al lado del otro, sin mirarse casi, sólo sintiéndose, tibios como un par de animales que de pronto se rozan, y ese roce los hace ronronear, estirarse; tardes eternas, con un libro en el que de repente encontraban una frase, una sentencia, un pensamiento, que se apresuraban a comunicarse, y que almacenaban como un patrimonio conjunto, del que vivirían durante años.

También recordó Alvar los tiempos enredados en que la naciente violencia de sus propias palabras empezaba ya a revelarle el animal amargo que dormía en él, sus silencios inmanejables, sus iras estrellándose contra un rostro que lo miraba con una distancia compasiva y amorosa, que esperaba pacientemente a que bajaran los hervores para dar media vuelta prometiendo que ya volvería, y dos, tres días de incomprensible desaparición hasta la llamada que lo despertaba a media noche para decir aquí estoy, soy yo, Irene, voy para allá, y preguntar si estaba solo, y ese «estás solo» lo hacía temblar hasta su llegada, que era para quedarse, otra vez para quedarse; y entonces él comprendía con lucidez que Irene era la persona que él más amaba y que quería casarse con ella como tantos otros.

Irene fue la persona que él más amó por años, sí. Ella, en cambio, se lo había dicho hace poco, se lo había repetido a lo largo del tiempo, sí lo quería entonces, sí, con una ternura vaga, pero se había enamorado verdaderamente después, cuando ya era demasiado tarde.

Cuando Alvar empezaba a lograr, amansado por el bello rostro de Irene, por sus manos, por su introversión dulce, sofocar el miedo a una pasión que sentía que lo doblegaba, ella se presentó una noche con una cara que le hizo saber que era portadora de malas noticias; tensa, enrojeciendo cada cuatro palabras, con los ojos tan brillantes que parecían llenos de lágrimas, le anunció sin preámbulos que se iba, sí, que lo dejaba, no por ser temperamental ni por ser cruel, acusaciones que él mismo se hacía, no por tedio ni por cansancio, porque aunque no era un tipo precisamente divertido jamás se había aburrido con él, sino porque se había enamorado sin remedio de Ramón; pero más que eso, porque Ramón, el hombre genial, adulto, lleno de experiencia y ternura y rigor, se había enamorado de ella y ya desde hacía un tiempo —sí, pedía perdón, eran sólo tres semanas— se acostaba con él. Era incapaz de mentir, cumplía con su pacto. Se iría en unos meses con Ramón a la Universidad de Londres donde haría un postgrado en ciencias políticas y donde dejaría pasar el tiempo a la espera de que cualquier resentimiento de Alvar desapareciera y pudieran ser amigos tranquilos como ella deseaba.

La rabia, la impotencia, la humillación, pero sobre todo el dolor, paralizaron a Alvar durante una semana, mientras las llamadas de Ramón se acumulaban en el contestador. Noqueado sobre la lona, no sabía qué le dolía más, si la pérdida de Irene, el hecho de tener que odiar al amigo que aún quería y admiraba y que le propinaba ahora aquel gancho en la mandíbula o la conciencia de su propia ingenuidad.

Todos vamos por la vida haciendo pequeñas traiciones, a veces a los demás, a veces a nosotros mismos. Alvar, que tenía desde siempre una capacidad monstruosa de verse sin atenuantes, incurrió, para salvarse, en el fácil consuelo de la culpa. Él ocasionaba esta huida, él espantaba a los demás con sus neurosis inmanejables, él era a su vez un traidor escondido. Para curarse momentáneamente se concentró en un trabajo sobre la noción de arte concreto en Von Doesburg y en Kandinsky, que debía presentar en diez días para obtener su aceptación en una universidad alemana; y como tantas veces, hundirse noche y día en aquellos terrenos abstractos lo llenó de una extraña serenidad. El día anterior a la fecha de entrega se sentó a echarle un último vistazo al texto que había agotado todas sus horas, a releer una por una las líneas que había escrito con todo cuidado y concentración. Mientras leía, un asco visceral empezó a invadirlo hasta causarle un malestar físico. Aquello era, a sus ojos, casi vergonzoso. Las palabras que antes parecían necesarias, justas, irremplazables, eran ahora un collar de términos irrelevantes, que no lograban decir nada de lo que se había propuesto. Con rabia, se descubrió pensando en la crítica que le haría Ramón. Con un gesto firme, casi elegante, sin violencia, destrozó una por una las páginas escritas y las fue echando al inodoro. Mientras las veía girar, vertiginosas, y desaparecer por el agujero, repitió, mierda, como rezando, mierda, en voz muy baja, mierda una y otra vez.

9

Romper, romper y botar: una buena metáfora para su propia vida, pensó Alvar. En alguna parte había leído que en un lapso de 3.500 millones de años (¡3.500 millones de años!) aparecieron sobre la tierra más de 3.000 especies nuevas, de las cuales ya ha desaparecido el 99 por ciento, de la misma manera que desaparecerán casi todas las del mundo que nos tocó vivir. Y algo más estremecedor: la evolución no tiene meta, no es progresiva, su dirección no tiene un sentido. Es sólo producto del tiempo sobre la materia, que es, además, inmisericordemente indiferente. A medida que envejecía le iba resultando más evidente la idea de que la sabiduría del universo escapa del todo a la mente humana, y por tanto, que la empresa de ordenarlo, clasificarlo, penetrarlo, resulta vanidosa, y patético el esfuerzo de traducir en palabras el saber. Sin embargo, no había desistido de decir algo sobre el mundo. Antes bien: así como lo hecho por otros le resultaba a menudo irrisorio y desdeñable, frente a su propio trabajo lograba con gran facilidad una inclemencia destructora. Por supuesto, no se le ocultaba en lo más mínimo la pulsión de muerte escondida en ese perfeccionismo.

Cuando dos meses atrás había abandonado con toda deliberación su rutina de muchos años y las horas rigurosísimas de escritura y estudio encaminadas a terminar su libro, embarcándose en la aventura de escribir aquellas páginas íntimas, —memorias fragmentadas, reflexiones, sueños— el pasado que durante años había eludido con fría determinación se le echó encima sin compasión y sin tregua; como el que abre la compuerta de un granero y no puede hacer ya nada para contener la avalancha, un recuerdo trajo otro enlazado y otro y otro más, hasta abrumarlo con su nitidez ineludible. Consciente de que él mismo había quitado el tapón de la trampa, lo que hizo entonces fue tratar de leer los signos de aquel encadenamiento, de descifrar su propia vida en el trasfondo vertiginoso de lo anecdótico y puntual. Pronto comprendió que para hacer tal cosa no podía darse el lujo de refinar las palabras, sino simplemente invocarlas desesperada e intuitivamente. El resultado había sido aquel texto atropellado, desmañado, impulsivo, que parecía contradecir su naturaleza reflexiva, y que, pensaba ahora, tal vez fuera el libro que verdaderamente había estado escribiendo desde siempre.

Mientras escribía, Alvar había podido revivir, casi de modo paradojal, su ya remoto sueño de ser escritor, no de sobrios tratados científicos, claro está, ni de lúcidos ensayos llenos de argumentadas ideas, sino de juegos fantasiosos de carácter literario. Algo parecido a la austeridad, ¿o a la amargura?, se lo había impedido. Quizá fuera tan sólo la conciencia de irreversibilidad que le imponemos a nuestras propias vidas al tratar de construirlas como un proceso coherente, claro, bien delineado. A los cincuenta y cuatro años, y como una broma pesada, lo que Alvar había decidido era que no valía la pena persistir en la escritura de su libro más definitivo, cuya realización ya empezaba a parecerle ridículamente infinita, sino lanzarse a la riesgosa aventura de la improvisación. También ahora, sin embargo, y a pesar de su escepticismo, lo animaba la esperanza de llegar a la médula de una verdad cualquiera.

Entre las muchas cosas que había podido revivir Alvar mientras escribía estaba una experiencia de su niñez: había sucedido en la finca de uno de sus primos, en el Valle, mientras flotaba sobre un colchón salvavidas en las aguas tibias de la piscina, de la que ya todos habían salido para irse a las habitaciones o a jugar cartas a una de las terrazas. Extendido como estaba, sólo veía las copas de los árboles, azuladas en la noche clarísima, sus ramas meciéndose apenas, allá, muy alto, casi tocando las pocas nubes, y la vasta bóveda celeste desprovista de estrellas, donde la luna, impasible pero rotunda, parecía desplazarse lentamente. Quizá oliera a humo, un olor que siempre avivaba en su alma una especie de nostalgia inmotivada o de blandura sentimental inexplicable. Esto no lo recordaba ya, pero sí el inmenso silencio, extraño si se tiene en cuenta que allí había otros niños y jóvenes, mujeres que gritaban a menudo, hombres que celebraban las bromas con risas o exclamaciones. Todo, sin embargo, el silencio, la tranquilidad de la noche, tal vez la temperatura perfecta, la comba del cielo, precisa, serena, dolorosamente lejana, había tenido sobre Alvar un efecto profundo: la noción de circunstancia, de temporalidad, de límite, lo habían abandonado de pronto, de modo que su cuerpo —ésa era la sensación, su cuerpo— había quedado flotando por unos minutos en un limbo de eternidad deshumanizada. *Estoy muerto,* pensó primero. Y enseguida: *La felicidad y la muerte son una misma cosa.* Se abandonó a su nueva condición con una repentina euforia, transfigurado en espíritu, consubstanciado con el todo. Cerró los ojos: se vio a sí mismo como un niño sonriente, pálido, bajando por un tobogán de luz. De repente, los perros que ladraban a un recién llegado rompieron la burbuja de su ensoñación. ¿Se había dormido?

A la placidez había seguido el desencanto, la tristeza, una irritación súbita similar a la que iba a atormentarlo tantas veces. Oyó a su madre llamándolo a lo lejos: ¡Antonio! Aquel llamado aumentó su cólera: sacó sus piernas del colchón y dejó que su cuerpo se deslizara entre el agua, y en ella fue cayendo, sin tratar de nadar, hasta tocar el suelo. El cielo había dado ahora la vuelta, y miles de estrellitas brillaban, pero ya no allá arriba sino en su interior, entre sus ojos, en su cabeza. Los gritos de su madre eran ahora lejanos y angustiosos. Otro cuerpo había caído al agua, unos brazos tiraban de él, lo llevaban a la superficie.

Durante toda la temporada se habló del accidente de Alvar, de cómo casi se había ahogado aquella noche, de la suerte de que en aquel momento saliera de la casa su primo Pablo. Alvar los dejaba hablar, sintiéndose importante, bajando un poco los ojos cuando alguno de los mayores señalaba con una mirada el milagro de su supervivencia. Dentro de él bullía a la vez el recuerdo de una alegría imprecisa y una pregunta ansiosa. Pero no había interlocutor posible: todos allí parecían muy ocupados en estar felices. Días después, en una de esas horas de aburrimiento que persiguen a los niños que están dejando de serlo, fue a la biblioteca, y casi mecánicamente sacó un libro; resultó ser *Los demonios*, de Dostoievski. De bruces sobre la cama lo leyó en tres días. En su cuaderno apuntó las palabras de Kirilov, que confiesan que se suicida porque sabe qué él no es Dios pero quiere ser Dios. Luego las fijó en un recuadro hecho con flumáster. De vez en cuando revisaba sus notas, y se daba cuenta de lo mucho que aquellas frases le gustaban.

Los últimos diez años los he dedicado a aprender a prescindir de los demás y no me cabe duda de que esa prescindencia equivale a conquistar la libertad, le había dicho Alvar a Silvia. Pero lo que hoy era mero desdén, en los tiempos en que Irene lo abandonó por Ramón era soberbia: se dijo que Irene volvería a él como tantas veces lo había hecho. Mientras tanto se iría él mismo a hacer una maestría en filosofía. Iría a Cambridge, donde Russell escribió sus *Principia Mathemática* y Wittgenstein su *Tractatus*, y donde enseñaba Brian Weiller, uno de los grandes especialistas en Historia y Filosofía de la Ciencia. La cercanía con Londres le garantizaba además una proximidad a Irene. Terminaría por encontrársela en alguna encrucijada, aunque no sabía bien para qué, ni lo que ese encuentro significaría o determinaría. Era posible, también, que en vez de encontrarse con ella lo hiciera con Ramón, o peor aún, con la feliz pareja, pero algo perverso y obsesivo le hacía acariciar esa idea, perseverar en ella.

El dolor, pensó entonces, *es demasiado tentador para aceptarlo, equivale a la más fácil de las*

opciones. De ahora en adelante trataría de extin-
guir sus deseos, de crear una ética basada en la indiferencia. Puesto que su amor y su rencor estaban todavía vivos, sufriría, se dijo, pero sólo sin
consentimiento. Cuando el dolor aflorara lo dis-
traería con el trabajo. Lo demás sería esperar.

10

Alvar aterrizó en Inglaterra a finales de septiembre, seis meses después del viaje de Irene y Ramón, pero su recuerdo de los primeros tiempos en Cambridge tenía hoy para él la forma de un largo, aterrador invierno. El tiempo de instalación, con sus incertidumbres, moderó tal vez la tristeza y la rabia que lo acompañaban, pero unas semanas más adelante las bajas temperaturas y los cielos sombríos hicieron agobiante la estrechez de su cuarto de estudiante, situado en la parte alta de una casa de tres pisos habitada por un juez retirado y su mujer, que alquilaban algunas habitaciones a estudiantes extranjeros. El papel de colgadura sepia con figuras de gallos dorados, que había ignorado al llegar, no demoró en parecerle siniestro, lo mismo que las cortinas rojo sangre que evidentemente no habían sido lavadas en años, y hasta la alfombra apelmazada que solía quedarse mirando cuando sentado al borde de la cama cavilaba, divagaba, se hacía preguntas reiteradas que lo llevaban a pararse, ansioso, a dar vueltas incesantes por la habitación. Salvo dos o tres mañanas en que iba a la facultad o hacía trabajo directamente con Weiller, y de dos tardes que dedicaba a búsquedas en la biblioteca, pasaba las horas incansablemente en aquel lugar, poco ventilado y bastante sombrío, aferrado a los libros, que subrayaba y anotaba en los márgenes, y a sus propios pensamientos, que consignaba en una especie de diario, agitado y caótico, quizá para lograr algo parecido a la certeza de estar vivo.

Todas las noches caminaba tres cuadras hasta un pequeño mesón donde Shruti, una muchacha de Cachemira de ojos ligeramente biliosos y pelo negro azabache le servía una ración de *fish and chips* o macarella ahumada con coliflor, y allí comía en tranquilidad, observado por aquella mesera que simpatizaba con él y con la que pasó lentamente del intercambio amable de sonrisas, a cortos y saludables diálogos. Shruti tenía veintiséis años y había venido a estudiar medicina, pero su sueño se había ido dilatando pues la falta de dinero la hacía brincar de un trabajo a otro sin descanso. A sus manos morenas de palmas amarillas se fue acostumbrando Alvar, lo mismo que al papel de colgadura o al olor a humedad de su pequeña cárcel, de modo que aquella media hora de la comida diaria significó pronto no sólo una cena en familia equivalente a las de su infancia llena de mimos, sino su única oportunidad de comunicación verdadera; nada había de importante en sus conversaciones, ni de confidencial ni de íntimo, y hasta podría decirse que Shruti, que sin duda estaba tan sola como él, era un ser más bien simple; pero con ella una parte suya, elemental y dulce, lograba salir a flote, aunque no de manera expresa, porque Alvar era horriblemente lacónico, a veces casi mudo, de modo que lo que hacía era hablar con ella mentalmente antes de dormirse, contarle las pequeñas cosas del día, quejarse de cómo le dolía la columna, de cómo le sangraban las encías por culpa de la angustia que le hacía apretar los dientes hasta hacerse daño, y de las eyaculaciones nocturnas debidas al deseo de un cuerpo perdido que venía en sueños.

Alvar odiaba regalar y sobre todo recibir regalos. Éstos lo abochornaban y lo ponían de mal humor. Sin embargo, dos días después del cumpleaños de Shruti había entrado en un almacén cercano al campus y le había comprado una cinta trenzada para amarrarse a la cintura; cuando llegó a comer no vio a su amiga por ninguna parte: estaría enferma, pensó, o habría cambiado su noche libre; en su reemplazo había ahora una mesera inglesa de ojos muy juntos y nariz aguileña, la cual no sólo no le inspiró a Alvar ninguna confianza sino que, por el hecho de pasarse periódicamente el dorso de la mano por la nariz, provocó en él la mayor repugnancia. Cuando a la hora de pagar preguntó por Shruti al dueño del mesón, un irlandés con una calva llena de manchas, éste le contestó con aspereza que su amiga había sido despedida porque llevaba seis meses robándole y que si no la había denunciado a la policía era porque su condición de ilegal lo ponía a él mismo en peligro.

Alvar decidió desde entonces comer en su habitación, con alimentos que compraba en el supermercado, al principio variados y de cierta calidad, pero luego con variaciones mínimas y siempre o casi siempre fríos, y todavía hoy podía revivir la enorme desazón de los momentos en que todavía comía con regularidad, verse a sí mismo en aquella pieza olorosa a humedad, masticando su comida frente al televisor mientras una presentadora decía en su inglés enfático cosas que Alvar asimilaba cada vez menos, pues su cerebro agotado de lecturas y soledad empezaba a afiebrarse y a perderse en vericuetos inextricables.

En los planes de Alvar estaba pasar la navidad en Londres, con León, un amigo matemático que habitaba un sótano en Camden Town, de modo que compró tiquetes de tren para el dieciocho. El diecisiete amaneció resfriado y con algo de fiebre. Por la tarde, cuando iba hacia la casa de Weiller a llevarle un capítulo de su trabajo, algo a la vez inesperado y minúsculo cambió el rumbo de las cosas: había llovido mucho, las calles estaban empapadas, y el día lucía triste, deprimente. Para no mojarse el borde del pantalón Alvar dio un corto salto para alcanzar la acera y en ese momento —sí, en ese momento— oyó una música alegre, una melodía banal y pegajosa, que venía de lo alto, de una mansarda iluminada. Al posar el pie en el suelo vio una pequeña lámina que flotaba en el charco, y no resistió la tentación de recogerla. Nada especial: una escena de cuento infantil, colorida, en la que un niño, empinándose, miraba por la ventana de una cabaña en cuyo interior una familia cenaba opíparamente. Una sensación de *dejà vu* que involucraba la música, la lámina, su salto en el aire, lo sorprendió inicialmente y luego, sin saberse bien porqué, se convirtió en una opresión en el pecho que se disolvió en lágrimas. Alvar debió detenerse, recostarse en el muro del antejardín de la casa en cuestión, respirar profundo. Pero el daño ya estaba hecho: su ánimo se había derrumbado de repente y una tristeza sin resquicios lo envolvió de manera inmisericorde. Volvió a llorar, esta vez sin freno ninguno, con el llanto espasmódico y ruidoso de los niños. Anonadado, confuso, permaneció en el mismo lugar, dejándose llevar del sentimiento, sin siquiera hacerse preguntas. Cuando las contracciones del llanto cesaron, de manera tan intempestiva como éste había llegado, vino entonces la rabia, dirigida contra sí mismo y sus fragilidades indomeñadas. Entonces cambió de planes: no era del caso llegar así a tocar a la puerta de Weiller, se dijo, en aquel estado lamentable de confusión y sensiblería, y nada se habría perdonado menos que una efusión sentimental en casa del viejo y austero profesor con quién tan sólo hablaba de poder y conocimiento, así que viró por cualquier calle, sin ningún rumbo, y caminó durante un buen trecho. La tarde se hizo entonces repentinamente oscura y comenzó a llover de una manera odiosa, con ventisca, pero Alvar no buscó donde refugiarse ni cómo regresar a su cuarto sino que siguió errando, en un estado cada vez más exaltado y difícil de definir, alegrándose casi de recibir en la cara el ardor del frío que le hacía cerrar los ojos.

Caminó una hora, quizá más, hasta que llegó a la ribera del río, y atravesó el puente. Del otro lado había pocas casas, casitas más bien pobres de las que salía humo, pero que no dejaban ver ningún otro rasgo de vida, y por allí caminó, afiebrado, asaltado de repente por memorias de infancia, ineludibles, impacientes: su madre con un cigarrillo en los labios, su padre, elástico y moreno, saltando del trampolín a la piscina, un cofre donde Mariana guardaba cartas y estampitas y poemas; ahora aquel episodio venía a su mente en imágenes fragmentadas: las botas en el barro, los durmientes de la carrilera, la bruma sobre el río, las ruedas chirriantes de un automóvil, sus papeles caídos empapados por la llovizna, la cara mojada, los labios salados, una especie de entrega, y el brillo verde de los escalones, Shruti abriendo los ojos sorprendida, Shruti abrazándolo, pasándole un pañuelo por la cara, y más tarde el ruido del catre barato, el pelo de la muchacha sobre sus ojos, éstos brillando con destellos vidriosos, y un irremediable, absoluto cansancio.

Apenas si pudo reconstruir más tarde su regreso hasta la paz de su cuarto y lo sucedido en las horas siguientes. Sólo recordaba que la melodía insistente de una caja de música —una tonada de su infancia— le taladraba los sesos, que sentía la boca reseca y veía las caras de su madre, de Irene y de Shruti superponerse una y otra vez.

Lo despertaron ruidos en la chapa, la voz de fumadora de la dueña de casa, las palabras susurrantes de León. Era veinte de diciembre por la noche: llevaba tres días tendido en la cama y en el suelo había medio vaso de agua y un yogurt sin probar.

Nada más fácil que morir, nada más fácil que enloquecer, pensó Alvar, desasosegado, en su estrecho futón.

11

Los médicos le diagnosticaron una infección renal combinada con un principio de neumonía. La navidad lo sorprendió, pues, en el Hammersmith Hospital.

Alvar recordaba todavía hoy, con lujo de detalles, esa experiencia deprimente: al llegar lo acostaron de inmediato en una camilla y mientras lo llevaban a urgencias un médico negro le hizo un cuestionario que incluía preguntas tan extrañas como si había tomado químicos o había estado en contacto con material radioactivo. Ya en su cubículo lo invitaron a firmar un formato donde autorizaba al hospital a efectuar en su cuerpo cualquier experimento clínico —Alvar no pudo dejar de pensar en que esto sólo se lo debían proponer a los que poseían un pobre seguro de estudiante— y donde se hacía donante de órganos en caso de fallecer. Enseguida lo vistieron con una delgada bata verde y después de un concienzudo examen lo hicieron caminar descalzo por los largos corredores de madera del antiguo edificio, hasta los laboratorios, donde, en vista de que la orina tenía un sospechoso color vino tinto, le ordenaron una urografía. Mientras tanto tosía como un tísico. Sin consultarle nada, una enfermera pálida le inyectó un líquido que le produjo un calor todavía más insoportable que el de la fiebre, el cual le resecó la boca hasta casi dejarlo sin respiración. Como suele suceder en esos casos, Alvar logró rápidamente conjugar la miserable conciencia de su cuerpo con un valor insólito, y se negó a que informaran a su familia. Estaban tan lejos que sólo lograría preocuparlos. Pensó, más bien, con algo de humor negro, en lo irrisorio que sería volver a su casa por correo, embalado en un pobrísimo ataúd costeado por la desidiosa embajada. No pudo evitar imaginarse, melodramáticamente, a Irene llorando sobre su cadáver y a Ramón culpándose de su muerte de por vida. *Sólo a alguien de esa edad y perdidamente enamorado*, pensaba ahora, *podía ocurrírsele algo tan rematadamente cursi.*

Después de los exámenes, y dictaminados ya sus males, lo llevaron al pabellón de observación, una enorme sala con las camas separadas por una cortina. Éstas estaban descorridas, de modo que Alvar podía ver a los demás pacientes, muchos de los cuales charlaban entre sí. El hombre de su derecha era un gigantón de cabeza calva, trompetista de la orquesta de la BBC. Más allá, estaba un niño con leucemia, de ojos afiebrados muy abiertos, al que su madre le secaba cada tanto la frente con un pañuelo. Era el único que podía recibir visitas. A su izquierda dormía un viejo que estaba empequeñeciendo y la pijama le quedaba enorme. En los dos días que estuvo allí recluido, almacenando orina cada hora en una enorme botella marcada con su nombre, oyó a muchos de los enfermos llorar, vomitar, maldecir. Otros, en cambio, permanecían en un depresivo mutismo.

El pabellón tenía un enorme ventanal que, absurdamente, daba a la calle. Muchos de los transeúntes, compadecidos de ver aquella hilera de sufrientes, les decían adiós con una sonrisa. Uno de los enfermos, un joven surafricano con una hermosa melena rubia, sufría dolores que lo obligaban a gritar. Para no molestar a los demás, y quizá para resistir las embestidas que lo atormentaban, mordía la almohada y se revolcaba en la cama. Una enfermera impasible le gritaba desde la puerta: «Mr. Bennett, ¿any pain?», y procedía a sedarlo. Cuando se restablecía, divertía a sus vecinos con admirable sentido del humor, caminando de un lado para otro y fingiendo que cogía un taxi.

Aquellos habían sido unos días irreales, en parte por la fiebre, que se demoraba en ceder, en parte porque el escenario tenía bastante semejanza con el de algunas obras de teatro del absurdo. El teléfono, que reposaba en un carrito ambulante que llevaban hasta las camas, sonaba para él una vez al día: era León, indagando por su estado. El día de navidad apareció por la tarde con una botella de champaña, que fue confiscada temporalmente por las enfermeras, y con una novela de moda. A las siete de la noche partieron una torta de frutas y los que no estaban incapacitados comieron su trozo. Alvar pidió a una auxiliar que le diera un sedante. Así fue. Pero antes de dormirse se sorprendió llorando y autocompadeciéndose. El joven surafricano le dio un abrazo afectuoso. Al día siguiente llovía a cántaros, pero era evidente que, como decía su madre, «ya estaba al otro lado».

Las enfermeras lo despidieron dos días después aconsejándole reposo y alimentación saludable y el fin de año y parte de enero lo pasó en compañía de León, quien lo cuidó con unas sopas espesas, remedos bastante aceptables de las que en Colombia le hacía su madre. Quizá de aquellos días oprimentes, de amaneceres tardíos y noches eternas, de repentinos ataques de desasosiego, proviniera la hipocondría que lo doblegó tantos años, pensaba ahora Alvar. Y también, paradójicamente, su desapego a la vida, el gusto por la soledad. ¿Dónde estaría ahora León? No estaría mal volverlo a ver, poderlo abrazar, decirle que todavía recordaba su gesto con agradecimiento. Lo llamaría. ¿Por qué no? Averiguaría su paradero y quizá pudiera hacerle una visita, conocer sus hijos, regalarle alguno de sus libros. Mientras fantaseaba Alvar supo que no lo haría: la probabilidad de encontrarse con un ser ajeno, casi desconocido, era muy alta. Sería mejor dejarlo así. Se había acabado el tiempo de hacer esfuerzos.

El regreso a Cambridge tuvo, ahora lo recordaba, un algo de experiencia mística. Había iniciado su viaje en una tarde luminosa, de modo que desde el vagón solitario podía contemplar las enormes campiñas reverberando con una luz sobrecogedora, similar a la que despiden en ocasiones las nubes que se ven desde la altura de los aviones, cálida y fantasiosa. Aquel paisaje sin vestigio de presencia humana lo había remitido, por asociación afectiva, a ciertos estados del alma que lo habían acompañado siendo un adolescente en la vieja hacienda de sus abuelos paternos. Allí escapaba a veces de las reuniones familiares para bajar hasta la quebradita insignificante que cruzaba por detrás de la casa, donde, armado de un cuaderno de dibujo y una caja de colores, buscaba un rincón preciso, un agreste refugio entre venturosas en el que había siempre una sombra que le resultaba reconfortante. Desde ese lugar podía divisar una pequeña colina en la que el sol sabanero ponía hermosos tintes —rojizos cuando la tarde era despejada, plateados cuando era densa y plomiza— y esa sola visión hacía que su ánimo se tornara gravemente contemplativo. Entonces sus ojos escogían un fragmento cualquiera, un chamizo enfermo, una florecita silvestre, una hoja de caucho en descomposición, para reproducirlo magnificando sus detalles, como si lo viera a través de una gran lente, detallando sus cicatrices, su constitución, sus nervaduras. Allí, en sus trece años, el tiempo dejaba de ser tiempo, y una paz enorme, una extraña felicidad lo hacían sentir liviano, consciente de estar vivo. Cuando volvía con su pequeña obra maestra la ocultaba de todos, salvo de su abuela a quien admiraba y quería, y que entendía la complicidad amorosa de su gesto. «Vas a ser un pintor de talento, porque heredaste las dotes de papá», decía su abuela mirando embelesada aquel cuaderno. Luego, como para premiarlo, le servía una buena porción de torta.

La temprana oscuridad invernal empezaba ya a disolver el contorno de las cosas cuando Alvar decidió desperezarse caminando hasta el vagón restaurante. Fue entonces que se percató de que el tren iba prácticamente vacío. En vez de sentir desasosiego, aquella constatación avivó su paz. Pensó que de ser eso la soledad, podría asumirla enteramente por el resto de su vida. Se bajó del tren eufórico, sereno, con el alma henchida.

Entre la poca correspondencia que encontró debajo de su puerta le llamó la atención un sobre marfil: la letra pequeña, infantil, en tinta sepia, le reveló la identidad del remitente. Era una tarjeta pintada con colores alegres y fechada en la víspera de año nuevo. La leyenda era brevísima, sin énfasis, serena, pero un lector sensible podía adivinar de inmediato la violenta emoción que encerraban sus líneas mesuradas. Alvar leyó el texto dos, tres veces; luego rompió el papel en pedazos pequeños, y mientras lo hacía sus rasgos se perfilaron, como cuando alguien siente un miedo repentino o tiene un acceso de ira. Aquella misma semana se mudó a un pequeño apartamento con una hermosa vista y se entregó de lleno a la investigación, de la mano de Weiller.

La academia inglesa era suficientemente austera y rigurosa como para distraer su ansiedad, y su maestro —un viejo puntilloso y obstinado, a ratos ligeramente cascarrabias pero de un humor ácido— era un juez implacable de su trabajo. Con él aprendía Alvar el arte casi suicida de la corrección, que a veces lo acercaba peligrosamente al silencio, y ejercitaba su disciplina, estirándola como un resorte hasta su punto límite. Sobre su mesa de trabajo colocó por aquellos días un letrerito con las palabras de Niestzche: *Aprecio el poder de una voluntad por la cantidad de oposición, dolor, tortura* que soporta y sabe convertir en su provecho, de modo que su mirada pudiera repasarlas cuando lo agobiaran el cansancio o el desaliento.

A menudo se sentía denso, templado, como una barra de acero, y esta sensación aumentaba su amor propio. Alguien que pudiera medir aquel proceso habría podido relacionarlo con el de un místico, y también comprobar que aquel cincelamiento de su espíritu crecía a costa de su parte amable. Porque la conciencia crítica de Alvar dibujaba un círculo muy claro: iba de su alma al mundo, lo examinaba, como a una mariposa, en la punta de los dedos, con mirada acre y dolida y luego volvía esa mirada hacia sí mismo con enorme desconfianza y rigor.

Tanto le llegó a doler la columna a Alvar en los tiempos de Cambridge, que debió empezar a usar un corsé, y aún así pasaba noches verdaderamente torturantes. También lo mortificaban los dolores de cabeza, que lo reducían cada tantos meses a la cama por dos o tres días. Y sus sueños seguían siendo inquietos, fatigantes. A veces sorprendía un pensamiento díscolo que preguntaba, como en otros tiempos, qué diría Ramón de tal o cual texto. Como un frío técnico echaba entonces mano de sus métodos y bajaba una cortina aislante, que lo devolvía al mundo inmediato. Pues para entonces ya había desarrollado una extraordinaria habilidad para debilitar los recuerdos, para dejarlos palidecer por falta de alimento. La música, que oía durante horas, le ayudaba en su voluntad de ensimismamiento, y hacía que cualquier tristeza tuviera un aura metafísica, lejana de todo barato sentimentalismo.

Eran las once de la mañana de un día de primavera cuando sonó el timbre. Probablemente un vendedor de biblias, pensó Alvar, o un recadero extraviado que venía a distraerlo de sus tareas. Dejó que volviera a sonar, dos, tres veces, convencido de que su nula respuesta disuadiría al recién llegado. Pero la persona que timbraba no estaba dispuesta a dejarse vencer: aquel aparato sonaba despiadadamente, enturbiaba el oído de Alvar, que, irritado, procuraba ignorarlo. Entonces un súbito ataque de rabia, de aquellos que a menudo experimentaba, lo acometió, y dando zancadas bajó la estrecha escalera que lo separaba de la puerta, que abrió con violencia, dispuesto a insultar a aquel intruso que no entendía que el tiempo de otros es sagrado, que tocar de esa forma es una grosería, que no se irrespeta así no más la intimidad de los demás, y en fin, que… Una luminosidad hiriente cayó sobre sus ojos, que se abrieron estupefactos: una muchacha ósea, de pómulos altos y cabeza incendiada, lo miraba con ojos brillantes. Alvar palideció, pero la invitó a entrar. Hizo té y se dispuso a escuchar, seguro de que aquella conversación no duraría más de veinte minutos. Mientras buscaba las palabras dentro de sí, aturdido, intuyó que su fragilidad le jugaría una mala pasada. Para defenderse, buscó una frase cruel, la pronunció con deliberación y cuidado, midió su efecto. Pero la muchacha la recibió con un estoicismo no exento de dignidad, y con voz opaca afirmó que había viajado a Cambridge expresamente para verlo y pedirle perdón —en veinte días ella regresaría a Colombia—, a admitir que todo aquello había sido una tremenda equivocación, y que prefería la humillación y el dolor a la sensación atroz de haber dejado que el tiempo y su cobardía le impidieran aquella confesión.

Mientras tomaban el té el silencio cayó sobre sus cabezas con la contundencia de una guillotina. Alvar tuvo la elegancia de no preguntar por Ramón. Media hora después bajaron juntos las escaleras y se despidieron en la puerta, sin abrazarse.

Alvar vio cómo Irene se alejaba, el pelo destellando con la luz del mediodía. Puso sobre su escritorio el papelito en que constaban sus datos en Londres, mientras escribía ya, mentalmente, la primera línea de una carta dolorida. La borró enseguida, como si se avergonzara. Permaneció allí un rato, con la cabeza levantada sobre el respaldo de la silla, hasta que sintió que sus tripas se quejaban y decidió salir a comer. Lo perseguían imágenes, no pensamientos. Supo que no era libre, que ahora era un pobre, inerme condenado.

12

Cinco meses después de aquel estéril congreso en Ciudad de México tuve un encuentro fortuito con Alvar. No fue a la entrada de un cine, ni en una conferencia, ni en una calle bogotana, sino en un laboratorio médico, a tempranísimas horas, y en condiciones muy poco elegantes: yo salía del baño de mujeres con la muestra de orina aún caliente en mi mano y él del baño de hombres en idénticas circunstancias. La patética conciencia de nuestra fisiología al desnudo, en vez de inhibirnos, produjo un singular acercamiento, entre bromas que hacían alusión al «color ambarino» y a la apariencia «ligeramente turbia» con que los médicos describen nuestros fluidos, que terminó en un solidario compartir de síntomas y nombres de enfermedades y en un desayuno en un café cercano. Como el sol brillaba con generosidad y Alvar debía matar tiempo pues iba a hacerse una segunda prueba pasadas dos horas, fuimos caminando hasta una librería cercana, y luego al parque de las flores, donde yo quería comprar unas para mi jarrón azul.

Es posible que hoy se crucen en mi memoria experiencias distintas, desdibujando la realidad y mezclando los recuerdos de varios encuentros, pero dos sensaciones definitivas de esa mañana persisten aún en mí: la perturbación física que me causó y me iba a causar durante años la cercanía de Alvar, el poder seductor que emanaba de su cuerpo casi como un humor, y el estímulo de su conversación vidriosa que tuvo siempre la capacidad de acercarme y distanciarme a la vez, manteniéndome en esa frontera temblorosa en la que por un minuto creemos que el otro ha entrado en nuestro territorio y, al siguiente, que se fuga en forma irremediable de nuestras manos.

Alvar tenía una voz seca y baja, y en un tono neutro soltaba cada tanto frases demoledoras, brillantes y divertidas, pronunciadas sin el menor énfasis, como si lo que dijera no tuviera la más mínima importancia. Aquella vez, mientras yo buscaba una novela de Fernando Vallejo que quería leer, comentó que sus ideas, a pesar de lo admirable de su prosa punzante y contundente, le parecían demasiado reiterativas y efectistas, *fatigantes*, dijo, *y a veces reaccionarias. En general*, añadió, *me mortifican las personas que se inventan a sí mismas como personajes. En eso Vallejo se parecía a su autografiado, Barba Jacob*, dijo, *que fungió de poeta maldito con talentosa premeditación*. Sin embargo, entre la vacuidad de tanta novelita colombiana contemporánea, Vallejo era un autor respetable. *Esa diatriba contra su madre*, añadió, *es de una lucidez monstruosa. Como monstruosas son casi todas las madres.*

Más tarde, frente a los profusos puestos del mercado, me acompañó con relativo entusiasmo en la escogencia de las flores, inclinándose con monosílabos por la delicadeza de las fresias y la contundencia de las peonías, mientras yo me decidía por unos anturios encarnados. Nos despedimos unas cuadras más adelante.

Mientras el semáforo me permitía el cruce observé cómo se alejaba, y me volvió a llamar la atención su talante, el de alguien muy seguro de sí, como se adivinaba por su paso sereno, sin prisas, con la barbilla ligeramente levantada y la espalda recta, la mano derecha en el bolsillo de la chaqueta y la izquierda sosteniendo el libro que acababa de comprar. Recordé haber leído en alguna parte que la gente se conoce por la forma en que camina. En ese momento Alvar volteó su cabeza como si estuviera seguro de que yo estaba ahí, mirándolo, y sonrió levemente mientras hacía un ademán casi imperceptible con la mano libre. Me sentí ridícula al tomar conciencia del alelamiento que debía tener mi cara al borde de la acera, ajena al rojo o al verde, ensimismada ya, como iba a estar por muchos meses; pero más ridícula aún cuando, impulsada por el movimiento de los demás transeúntes, pero mirando todavía hacia donde Alvar daba la vuelta, di unos pasos inconscientes y tropecé de manera grotesca con una mujer que me espetó un ruidoso «fíjese por donde camina» mientras mis flores rodaban por el suelo. Había perdido el dominio de mí misma, y no precisamente por unos segundos.

Un matrimonio fugaz y dos relaciones fuertes y muy cortas me habían enseñado dos cosas: que no estaba hecha para la convivencia apacible que sucede al enamoramiento, que a cambio de equilibrio nos corta las alas; y que no se puede dejar pasar el amor, así nos deje maltrechos y llenos de cicatrices. Sabiéndome ya tocada caminé hasta mi apartamento en un estado de enervamiento y de dicha, agradeciendo lo irracional de este sentimiento sagrado, que se apoya en todo y en nada como la creencia en la divinidad, a la espera de una cita difusa que debía confirmarse con una llamada previa.

Hablar de una experiencia amorosa es como contar un sueño: la intensidad de sus imágenes, siempre incompletas, recortadas, sus perturbadores efectos sobre la conciencia, quedan convertidos a través de las palabras en ridículas precisiones sin sentido. Los demás nos oyen fingiendo interés, a sabiendas, pues así se los dice su conocimiento, de que no hay posibilidad ninguna de que logremos ser fieles a la vivacidad y potencia de los hechos. Sólo diré, pues, que una pasión casi dolorosa nos arrastró por semanas volteando el tiempo patasarriba, y nos revolcó en sus cauces, y nos lastimó con sus corrientes y contracorrientes, y terminó por arrojarme, transformada, en las arenas estériles de una soledad infinitamente mayor que aquélla en la que me encontraba antes de conocerlo. Nada iba a ser igual después de Alvar: ni las semanas ciegas, erráticas, de ritmo atolondrado, del enamoramiento; ni los meses clausurados del dolor de la ausencia; ni los muchos años en que fue una sombra paciente en mis amaneceres y en mis noches, una pena tonta, monocorde, y un hueco en mitad de la tarde; ni el tiempo plano marcado por su muerte, en el que la memoria se ha venido a mostrar como un imperfecto instrumento.

Alvar no me amó con palabras convencionales, ni con ritmos convencionales y ni siquiera en lugares convencionales. La ciudad que yo conocía, recortada y prevista, la ciudad domesticada y funcional que me protegía de lo azaroso y atroz, se amplió de su mano y me reveló sus aristas y sus callejones de una manera milagrosa, iluminándose con repentinos relámpagos, haciéndose una sola con las palabras de Alvar, con la mirada de Alvar, que como un taumaturgo imperioso la hacía nacer de la nada. No fue una Bogotá ensoñada, como pudiera pensarse, la que él fue desplegando ante mis ojos, no una ciudad de postal para enamorar a mujeres debilitadas por el sentimentalismo, sino una ciudad ambigua y móvil como un paisaje de diorama, maravillosa en su sordidez y en su insania y en su luz y en sus muchos verdes y en la belleza humilde de algunas calles desconocidas o de algunos patios mirados desde enclaves ligeramente clandestinos.

Recordar mis días con Alvar equivale, pues, a reconstruir una ciudad donde, como en los sueños, las pequeñas piezas se suman a las grandes para hablarnos en clave. En mi memoria de la Bogotá que recorrimos tantas veces coexisten la entrada de baldosas grises y rojas, que nos remite al recuerdo de un corredor remoto —y quizá jamás visto— de una finca de tierra caliente, con la ventana iluminada por la lámpara sobre cuyo alféizar descansaba un gato de ojos apacibles en la tarde compartida; el zaguán umbroso, que equivale a un pequeño milagro, oculto como está detrás de la puerta de una casa de la carrera quinta, vulnerada por buses y busetas, y el vestíbulo de cristales de un viejo edificio de descaecida grandeza, en donde el sol entraba oblicuo y el eco repetía nuestras palabras; el restaurante sin nombre que funciona en el segundo piso de una casa anodina, y al cual van siempre los mismos comensales, la gárgola que jamás han visto los ojos por estar disimulada por un feo farol y un aviso vulgar y un edificio de arquitectura imposible en la veintiuna con sexta, que detrás de sus ventanas siniestras nos permitió adivinar cómo es el corazón mismo de la sordidez. A menudo Alvar anunciaba con una frase la aparición de una calle o de un rincón, y su palabra medida jamás fue superior ni inferior al pequeño prodigio que aparecía. Volvíamos de aquellos cortos pero fértiles periplos como revivificados, y en la intimidad del encierro nos reconocíamos con avidez adolescente.

Sabemos que el amor, como una droga alucinante, nos hace ver cosas que de otro modo jamás veríamos. En aquellos días las coincidencias, esa forma victoriosa en que se manifiesta un orden secreto, se multiplicaron de tal modo, que podría haberse dicho que un designio divino nos enviaba sus señales. Muchos días, sin que así nos lo propusiéramos, nos cruzamos en cualquier esquina como si nos hubiéramos estado buscando; alguna vez, en la banca del parque por donde caminábamos, encontramos, evidente y provocativo, el libro de poemas de Gelman que yo tanto había buscado para regalarle sin encontrarlo, olvidado allí providencialmente por un lector desconcentrado. En ocasiones, yo le contaba con detalles a Alvar un sueño perturbador, y él reconocía, con espanto, haber soñado algo similar. Como en el capítulo de los amores de Swann, nuestra relación se llenó de motivos y de pequeñas recurrencias que terminábamos por creer significativas: los ojos de un perro dálmata que nos observaba, multiplicado, desde las ventanillas de muchos automóviles; la melodía que se iniciaba, siempre la misma, cuando entrábamos a un café o encendíamos el radio; el pájaro que empezaba a picotear la ventana cuando nos disponíamos a hacer el amor.

¿Cómo olvidar a Alvar enfundado tres días consecutivos en el suéter gris que escogí para él en una tienda de Buenos Aires? ¿O la prosa un poco tensa, como asustada, de los mensajes que dejaba antes de irse en los parabrisas de mi carro? ¿Cómo hablar de su dolorosa lucidez, de su capacidad de mirarse sin ninguna complacencia, de su soberbia desencantada, de su monstruoso poder de hablar con la verdad y de su aplicada tarea de hacerse indiferente a un mundo que lo lastimaba? Su humor corrosivo no podía ocultar totalmente su desvalimiento final, el tenue rasgo de ternura con el que cosía sus pequeñas confidencias, ajenas a cualquier sentimentalismo o exceso dramático. En cierta ocasión me habló de aquella madre gélida, a cuyos *breeches* se prendía como un perro de lanas, metiendo su nariz en la tela oscura que apretaba sus piernas. *Olía a algo que jamás pude precisar,* me dijo Alvar recordándola, *a un olor que me ponía triste, como me ponía triste su severidad implacable, que ejercía sin la menor violencia y sin ninguna piedad, pues de la manera más suave me apartaba de ella y me ordenaba volver arriba, a hacer la tarea que me había dejado y que garantizaría que no solamente sería un buen alumno, sino el mejor de la clase, tal como se lo había propuesto.* En otra ocasión me contó cómo a los diecisiete años la biblioteca de su padre determinó el rumbo de su vida. *Me hizo, irremediablemente, un hombre de libros.* Ellos, decía, lo habían curado en aquellos tiempos de las ansiedades y náuseas del colegio, donde debía soportar la mediocridad de los maestros, su blandura de nata, el peso de su fracaso que caía sobre los estudiantes en forma de furia o de desdén, o en otra forma aún peor, la de la complacencia y el servilismo frente a los arrogantes hijos de las familias bogotanas que después irían al senado y a la cámara y a la bolsa de valores o dirigirían periódicos o consorcios financieros, como se esperaba de ellos, y que serían adúlteros al medio día y respetables padres en la noche, contabilistas de sus logros y aburridores como un catálogo de máquinas de cortar el pasto, o simplemente oscuros fracasados, alcohólicos y jefes de *scouts* o presidentes de juntas de copropietarios o miembros del concejo del colegio. Las fantasías aristocráticas de algunos padres de sus compañeros se le habían revelado muy pronto a través de sus casas y apartamentos, donde jóvenes señoras de manos pecosas y suéteres de cachemir habían fabricado palacios en miniatura con cortinas de terciopelo y muebles que llamaban orgullosamente «de estilo», y paredes decoradas con escenas de cacería y escudos de armas que lucían tan brillantes y tan falsos como las porcelanas sobre el piano silencioso y las criadas criollas vestidas con delantales y cofias llenas de encaje. No menos patéticas que las fantasías copiadas del cine o que las chimeneas asépticas donde ardían leños tan falsos como su idea del paraíso: una familia feliz sonriendo en una fotografía.

En su «diario contable», —así había empezado yo a llamar el texto recibido— Alvar recordaba cómo todos aquellos profesores, con excepción de un tal Zambrano, su maestro de filosofía, habían sido repetidores cansados, hombres sin imaginación que odiaban lo que hacían y maldecían la juventud que les recordaba que la suya se consumía sin remedio en aquellas aulas; *ellos reproducían sin mosquearse*, había escrito, *todas las falacias y los lugares comunes que durante generaciones nos han inundado de mentiras*, decía Alvar, *una patria altiva con dos mares, el mejor español de Latinoamérica*, La María *la mejor novela del romanticismo.*

Frente a Zambrano, que era cáustico y sardónico, con un escepticismo que había terminado por inclinar sus cejas y sus párpados saltones de enfermo de tiroides, los demás profesores de su adolescencia le parecieron siempre a Alvar desprovistos de vitalidad y aliento. Desde aquellos días de colegial había podido comprobar que la mayoría de los maestros son *obtusos y negligentes y perezosos*, así decía, *que detestan lo que hacen, profesores de matemáticas que odian las matemáticas y se empeñan en hacérselas odiar a sus alumnos, profesores de biología que sólo gustan de hacer disecciones y embalsamamientos, y profesores de literatura que odian la poesía y desprecian la lengua y la maltratan y examinan en clase novelas de tercera, coleccionistas de teorías que se suceden unas a otras fútilmente y sirven para inflarles los carrillos y deformar para siempre las mentes de sus alumnos.*

«Sólo es feliz quien ha perdido toda esperanza, porque la esperanza es la mayor tortura que existe y la desesperanza la mayor dicha», citaba Zambrano, contó Alvar, y su gota de veneno había calado en su corazón, haciéndolo desde entonces resistente a los vientos y a los fuegos.

Durante años enteros leí todo lo que tuve a mano, de manera indiscriminada y voraz, como un adicto, escribió Alvar, *pero con el tiempo he comprendido que para cada hombre existe un repertorio de unos pocos libros que le son suficientes, y ahora leo y releo las mismas cosas, mezcladas con una que otra novedad. Una forma de volverse viejo, quizá, más llevadera que muchas otras. Durante años incansables,* reiteraba, *leí todo lo que mi curiosidad me pedía, con avidez y rigor, y hoy, sin embargo, me siento irremediablemente, atrozmente vacío.*

13

Mientras escribía aquel texto desatinado en que recogía retazos de pensamiento, de memoria, Alvar había vuelto a verse, más bien burlón que solemne, con aquel extraño traje del día de su boda, y se había preguntado por la naturaleza de los sentimientos de aquellos tiempos.

«Hay quien busca el amor de una mujer para olvidarse de ella, para no pensar en ella». La frase de Borges lo explicaba todo: durante más de un año lo había perseguido el fantasma de Irene, debilitándolo, doliéndole como una espina enconada, irritándolo hasta sentir odio por ella y por él mismo, paralizado por el orgullo, que le impedía coger el teléfono, escribir unas palabras. A su regreso de Cambridge, como era previsible, se tropezaron en la entrada de la universidad. La vio, esplendorosa, dulce, suavemente distante y temió que fuera ya de otro. Se dijo que no podría vivir en paz mientras ella estuviera viva. Esperó una semana para llamarla. Con horror, con fascinación, con un leve sentimiento de desdicha, se dio cuenta de que Irene lo seguía esperando.

Se casaron en marzo del 79, en un juzgado, rodeados de algunos pocos amigos, y sin la presencia de la madre de Alvar, que se había opuesto a Irene —esa muchacha que ya lo había traicionado una vez—, al rito civil, a la descomplicada manera de asumir un matrimonio en una familia que había cuidado siempre las convenciones y que ahora debía soportar la desfachatez de un hijo no sólo comunista sino iconoclasta, tan distinto al padre, que aunque aventurero había sido siempre un hombre gentil y amigo de las formas.

Alvar había oído en silencio, apretados los labios, los reproches lastimeros de la madre, y una vez ésta hubo acabado su memorial de agravios, con voz grave pero serena le había contestado que en ninguna parte está escrito que las madres deben ir al matrimonio de sus hijos, y que antes bien agradecía que no fuera pues le daba la oportunidad de romper por fin y con razón con esa institución abominable por dominante que era la familia. *Tenemos todo el derecho a prescindir de nuestros padres*, le había dicho Alvar a Silvia, *y de nuestros hermanos, pues no los escogimos, pero nos resulta imposible deshacernos de nuestros hijos, pues la irresponsabilidad que significa traerlos al mundo se nos revela siempre demasiado tarde.* Durante ocho años Alvar no vio a su madre, a pesar de los ruegos de su hermana; el día menos pensado, sin embargo, y sin razón aparente —así repetía ella la historia—, Alvar tocó de nuevo a la puerta de la casa materna, y entró sin más, sin abrazos ni efusiones y sin siquiera una explicación o palabra conciliatoria. Y desde entonces hasta la muerte de su madre, Alvar fue una o dos veces al mes a su casa, logrando restablecer con ella unos diálogos poco sustantivos pero fluidos, no tan incómodos como uno podría imaginar.

No quería una muerte como la de la madre, pensó Alvar. Había sido una muerte paulatina, sin rendiciones, no especialmente dolorosa, «un lento apagarse», como dicen algunos, en medio de brumas, desvaríos, incontinencia, vómitos repentinos, ataques de angustia, largas depresiones. Él, que tantas veces sintió rechazo visceral por sus gestos y opiniones, que tan genuinamente la odió muchas veces, había velado su larga agonía, sobrecogido por la crueldad de la enfermedad y del tiempo. *No, ésa no es la muerte que quiero*, pensó, sintiendo el ardor que en la espalda le causaba su vértebra aplastada.

¿Cuándo había dejado de querer a Irene?, se había preguntado Alvar mientras escribía. Tan pronto se hizo la pregunta, la corrigió: *¿La había dejado, en verdad, de querer? Son una cosa muy rara las relaciones matrimoniales*, pensaba. En los primeros años se ama, por lo general, al otro, o se cree que se lo ama, de una manera ciega, pensando en que ésa es la única y verdadera opción, hasta que llega el tedio o el desinterés o a menudo la repulsión y el odio; pero si en ese momento el hombre no deja a su mujer —y esto es lo que casi siempre ocurre, porque es difícil dejar a una esposa que al fin y al cabo es compañía y nos da hijos y piensa en pequeños detalles en los que uno no está dispuesto a pensar— entonces ya no se la puede dejar porque viene una dependencia atroz, una necesidad que sólo es mayor que la misma rabia impaciente que ella nos causa.

Que Alvar hubiera vivido con su mujer toda la vida sólo podía explicarse por el hecho de haberse desenamorado muy pronto. *Sólo podemos vivir con alguien de quien no estemos profundamente enamorados*, pensó aquella mañana, *al menos en la paz que necesitamos para poder trabajar y pen-*

sar, y descansar y levantarnos malhumorados sin sa-
ber muy bien por qué, oliendo nuestros cuerpos que
han transpirado y expelido gases durante la noche.
Irene lo había querido siempre, lo sabía, y ese pensamiento lo hacía sentir en los últimos años una
piedad asqueada, tanto de ella como de sí mismo.
Pues era él el que había hecho de ella, paciente, minuciosamente, sin la menor maldad pero sin ninguna inocencia, el ser amargo y duro que era hoy
en día. Tan sólo había necesitado, para ello, ejerci-
tar su egoísmo y su capacidad de crueldad. La misma que en su momento había usado con Silvia, para hacerla desistir del amor. Todavía recordaba la
frase que había pronunciado el día de su último encuentro. La había elegido fríamente, con perfecta
racionalidad y dolor, venciendo todo sentimiento
de piedad, con el único fin de cerrarse él mismo
toda vía de regreso. Había dicho algo monstruoso
para no merecer perdón. Y había soportado, con
serenidad impostada, la mirada entre dolida e ira-
cunda de Silvia, la palidez súbita de su rostro, el
temblor de sus labios mudos de estupor, el tenso
silencio de siglos que se hizo entre sus palabras y
la huida de su amante, esta vez para siempre.

Irene era tan fuerte como Silvia. Y de ella
había estado durante un tiempo —¿meses, años?—
profundamente enamorado. Alvar podía recordar-
la en los primeros años de su matrimonio, entusiasta pero parca, comprando una vajilla azul, pintan-
do las paredes del cuarto vestida tan sólo con una
vieja camisa, ensayando un domingo a hacer un *ri-*
sotto que terminó pegado del fondo del perol. Alvar, que con dos o tres amantes de sus tiempos de
estudiante había afinado sus habilidades amato-

rias, y que deseaba entonces inmensamente el cuerpo color miel de Irene, su cuello lleno de vellos colorados, dejaba salir en esos encuentros su naturaleza apasionada, el duro animal que despertaba en su espíritu al contacto con otros cuerpos. La desnudez de Irene le producía una borrachera de deseo que saciaba de forma siempre nueva, yendo de la caricia a la cálida agresión, de la palabra pronunciada al oído a la orden violenta que parecía impartida por un desconocido. Mientras hacía el amor su cara se multiplicaba en otras innumerables, como un actor que a través de cientos de papeles quiere olvidarse de su identidad. La joven esposa, que leía en los ojos del marido la furia de la necesidad, acoplaba entonces su cuerpo a todo requerimiento, vencida, entregada, doblada de amor irrestricto. Sin embargo, cuando, devueltos al reposo, la doble soledad parecía reclamar una palabra e Irene ensayaba una pregunta, una mudez inexplicable se levantaba en torno a Alvar, como un cerco de púas; *Nunca te diré nada que no quiera decir*, le había advertido desde el principio. Su silencio no era el del bruto ya saciado, sino el silencio ensimismado del que ha visto la muerte o sus propias miserables entrañas.

El enamoramiento suele generar compulsiones, obsesiones, en las que persistimos a pesar de la íntima vergüenza. Unos meses después de su matrimonio Irene había conseguido un trabajo de investigadora en una entidad oficial, y sus jornadas se extendían a veces más allá de lo usual. A menudo viajaba a otras ciudades del país y de vez en cuando a una que otra capital latinoamericana. En una de esas noches de soledad, al pasar frente al estudio de su mujer, Alvar sintió un irresistible deseo de fisgonear. Entró al lugar casi en puntillas y presuroso, como si Irene durmiera en el cuarto contiguo y temiera despertarla, o como si de un momento a otro un padre vigilante fuera a entrar a hacer respetar con un grito la intimidad violada. Uno a uno fue examinando los papeles que su mujer tenía sobre el escritorio, verificando que todos eran documentos aburridos, memorandos, informes, resúmenes, fotocopias de revistas internacionales. A medida que avanzaba en su escrutinio, en vez de sentirse tranquilo por la falta de novedades, Alvar veía que crecía en él un morboso deseo de encontrar una prueba de engaño, una carta, una nota cifrada, algo que lo convenciera de que aquellas ausencias prolongadas obedecían a algo más que a rutinarias y agobiantes reuniones. Como quien no se resigna a que le escamoteen una prueba, fue avanzando en su pesquisa con una mayor ansiedad y descuido, volcando unos papeles aquí, dejando un sobre suelto allá, viéndose a sí mismo en una especie de desdoblamiento, como dicen que se ven los moribundos, ridículo en su infantilidad y vergonzoso en su empecinamiento. Un cajón, el siguiente, y nada de interés, hasta llegar a ese cofrecito de madera cerrado con llave, que contendría algo importante sin duda, cartas, eso era, cartas, de Ramón, claro está, cómo no se le había ocurrido antes, y quizá no muy lejanas, quizá de tiempos recientes, donde el amante dolido le explicaba que no la olvidaba y le pedía que volviera. Cuando, de repente, se vio a sí mismo hurgando como un animal en todos los rincones en busca de las llaves inexistentes, la vergüenza lo detuvo. ¿Se estaba, acaso, volviendo loco, que se interesaba de ese modo en unas cartas imaginarias que no podían decir nada distinto de las inevitables cursilerías que dicen siempre las cartas de amor? Cuando se tumbó en el sofá del pequeño estudio, exhausto, vencido, comprendió, enojado, que la herida estaba todavía allí, supurante, viva.

La familia de Irene era numerosa, festiva, de gusto dudoso. El hermano mayor era odontólogo y socio de un club. El segundo, era sicoanalista y llevaba siempre una ridícula boina vasca que le ayudaba a ocultar la calvicie. Les seguían tres mujeres aguerridas y simpáticas, entusiastas de los cumpleaños, que se rotaban entre sí el último *best seller*. La madre era enorme y tenía una voz ahogada de asmática. Era adicta al *bridge* y al seconal, y no disimulaba algunos suspiros de admiración frente a la sana juventud de Alvar. Irene era un milagro de contención y belleza en medio de aquel mundo de gruesos desbordamientos.

Alvar trató de sustraerse del avasallamiento de la familia política con una mezcla bien calculada de elegante distancia y disculpas de trabajo. Pero aquella vorágine se volvía cada vez más amenazante. Un día les abrió la puerta de la casa materna un oso cordial de pasos torpes. Aquella broma no se detenía allí: un grupo de invitados disfrazado de las más absurdas maneras se disponía a darles una bonita sorpresa en el cumpleaños de Irene. Alvar, que no era especialmente afecto a las fiestas, pero que, sobre todo, detestaba los disfraces, los regalos, los pasteles de cumpleaños, resistió la velada con un estoicismo admirable, pero al día siguiente al desayuno le anunció a su mujer que, previendo un desbordamiento de su paciencia, evitaría al máximo el contacto con su parentela. Era, le explicó, fiel a sus propios deseos. Lo contrario habría significado para él una manera de limitar su libertad, y lo llevaría, al cabo del tiempo, a la frialdad desdeñosa y al silencio ofensivo. Irene no lo contradijo; atontada por el amor, encontró excitante la arrogancia de su joven esposo y se rindió a su propio vértigo. Su generosa debilidad le sirvió a Alvar, sin que fuera consciente de ello, para afianzar su fuerza.

No tenía conciencia de cuando habían comenzado a molestarle tantas cosas pequeñas: que Irene abriera mucho los ojos mientras él le contaba una historia, que se metiera el dedo meñique en el oído, sacudiéndolo, que dijera una y otra vez «correcto» mientras el fontanero le explicaba el manejo del nuevo calentador, que dejara enfriar el café mientras hablaba por teléfono, que pasara el dedo sobre el televisor cada vez que pasaba a su lado para verificar si tenía polvo. *El infierno*, pensaba Alvar, *no debe ser otra cosa que la suma incontable de minúsculos hechos que nos violentan sin sentido mientras la cordura nos dice que debemos ser tolerantes y no exteriorizar nuestro disgusto.* Por las noches sus dientes rechinaban y en las mañanas sentía que le dolían las mandíbulas. Para relajarlas, ensayaba de vez en cuando una sonrisa seductora con alguna de sus alumnas. Ellas solían responderlas con generosidad. Entonces él dormía mejor, abrazado a Irene mientras dejaba que a su mente bajaran fantasías.

A finales del 83 apareció en librerías su opúsculo *El desorden de la mirada*. No pasaba de las cuarenta páginas, pero fue considerado por la crítica —siempre escasa en este país— una obrita brillante e incisiva, un aporte a la reflexión sobre la estética de la recepción artística que merecía un desarrollo más amplio. Ya en su título, decía alguno, podía apreciarse un intento de conjugar el rigor filosófico con el lenguaje literario. Otro habló de una prosa «austera y luminosa», de su pertinencia, de cierta irradiación metafórica que tocaba la médula de problemas estéticos y éticos muy actuales. Hasta la insulsa prensa, siempre ocupada de trivialidades, le dedicó un cuarto de página en una edición semanal y una reseña en la sección de libros del domingo. Alvar leyó aquellas páginas con cierta curiosidad, con un gesto que Irene no supo si era de burla o complacencia.

Cuando su mujer le sugirió que a partir de ahora su compromiso era mayor, Alvar se limitó a sonreír con sarcasmo. Pasó a otro canal, y se concentró en un programa de Tom y Jerry.

14

A Alvar le gustaban los dibujos animados, que tan maravillosamente escapan de las leyes físicas. Jerry corriendo sobre la nada del abismo con sus ojos de pánico, Jerry cayendo desde una altura mortal y levantándose entre un reguero de estrellas, Jerry atrapado por la mano gigante de Tom que muestra su sonrisa de piano antes de que un tirón en sus bigotes lo haga soltarlo sorpresivamente. En este universo sin deberes la misma situación se repite hasta el infinito porque los personajes son inmortales. No sólo eso: el tiempo no los transforma, no los daña.

Cuando, después de levantarse con gran esfuerzo aquella mañana, Alvar se miró en el espejo del baño, constató una vez más que la juventud que tantas satisfacciones le había dado lo abandonaba ya para siempre: contempló, con la misma ausencia de compasión con que miraba sus escritos, sus hondas ojeras azules, su cabeza que empezaba a ralear, un opacamiento general de su piel. Oyó los ruidos que hacía su mujer en la cocina, sintió el olor del café. Orinó largamente, se lavó las manos y los dientes. Se quitó la camisa de la pijama, mientras percibía su propio olor, pues había sudado en la noche, entró a la tina y abrió la ducha. El agua estaba hirviendo y el baño se llenó de vapor.

Cuando salió vio a su mujer arreglando su pequeña maleta de viaje: iba para Medellín, de un día para otro, a dar una conferencia. Como él mismo, conservaba un último destello de juventud, y aún de hermosura, pero su expresión era triste, desencantada. Alvar sintió algo parecido a la ternura, o quizá a la lástima. Habían vivido juntos veinte años, habían acoplado cuidadosamente sus rutinas, habían hecho largos viajes de vacaciones, habían engendrado un hijo y se habían puesto de acuerdo en la forma de educarlo, como seres civilizados, y sin embargo todo había sido una enorme equivocación. Se habían hecho daño concienzudamente y se habían atado el uno al otro como alacranes que se aparean. Quizá porque en sus últimas semanas el ejercicio de la memoria había avivado un mecanismo de asociaciones, al ver a su mujer entre su vieja bata de algodón recordó una escena hacía tiempo olvidada: recién casados Irene había echado en la lavadora un jabón equivocado, de modo que una espuma descontrolada había empezado a salir por todos los intersticios, convirtiendo la cocina en un escenario de comedia americana, en el que los dos intentaban de manera desesperada detener el estropicio. En sus ires y venires con baldes y con trapos, en medio de una risa desatada, el cordón de la bata levantadora de Irene se había enredado en un borde y la prenda se había desprendido dejándola semidesnuda. Habían terminado amándose allí mismo, entre el comedor y la cocina, de una manera casi feroz, como exaltados por aquella absurda circunstancia. Bajo el imperio de aquel recuerdo tuvo el impulso de besar a Irene, de abrazarla, de llevarla hasta la cama. Pero supo que el deseo, como hacía ya tantos meses, no vendría; así que ni siquiera quiso intentarlo.

Salió sin desayunar, bajó por el ascensor hasta los garajes y encendió su viejo Citroën. Lo usaba poco, pero hoy el día ajetreado lo requería. Cuando la portera abrió la puerta del garaje, vieron, con asombro, que un enorme montículo de tierra obstaculizaba la salida. Era de esperar: hacía ya dos semanas habían llegado obreros, que con picos y con palas habían dejado la calle convertida en un camino de herradura. Luego desaparecieron, y como si así estuviera planeado, en vez de llegar las máquinas llegaron las lluvias. Ahora el camino era un enorme lodazal donde los carros amenazaban con enterrarse. El día anterior Alvar había visto otra vez movimiento, una cuadrilla de trabajadores, una niveladora. Ahora estaba seguro de que los trabajos se habían reiniciado, y de qué manera: no eran aún las nueve de la mañana y, sin previo aviso, aquellos cretinos habían bloqueado la calle. Abandonó el carro encendido y buscó el primer obrero que encontró: un hombre joven, con una cachucha que dejaba salir por detrás una colita rizada, y que con un palillo entre los dientes hacía bromas a otros que estaban más arriba. Con voz irritada Alvar le anunció que necesitaba salir. «Hoy no se va a poder, por lo menos hasta las cinco», contestó el tipo, moviendo la cabeza con cierto desconsuelo. *¿Cómo que no se va a poder?*, replicó Alvar, sintiendo ya que aquella respuesta venía cargada de mala intención. «Quieren que les arreglen la calle, pero se enojan si trabajamos», comentó el hombre de la colita con desparpajo. Toda la rabia de Alvar se concentró en la boca que mordía el palillo. *¿Quién es el encargado aquí?* aulló. El trabajador, en vez de contestarle, comenzó a llamar, con silbidos, a uno de sus compañeros, que estaba lejos. Algunos hombres que habían visto la situación detuvieron por un momento la tarea, para reanudarla luego como si en nada les concerniera. «Hay que hablar con el ingeniero», sugirió la portera. *¿Qué ingeniero? ¿El del casco blanco? Maldita sea, el ingeniero está a más de una cuadra. Van a tener que oírme,* pensó Alvar. *No hay derecho de que se atropelle así a la gente.* Intentó vadear el montículo, y lo logró parcialmente. Vio entonces que a sus pies se abría un enorme charco amarillo, agua empozada de un arroyo que corría calle abajo. Allá a lo lejos destellaba el casco blanco, como una provocación. Llegar hasta allá era tan imposible como atravesar a nado el Orinoco. Dio media vuelta, maldiciendo en voz baja, componiendo ya mentalmente una carta al Instituto de Desarrollo Urbano, que por supuesto jamás escribiría.

Devolvió el carro a su lugar, salió esquivando dificultades y caminó lentamente las veinte cuadras que lo separaban de su estudio. Hacía una mañana hermosa, una verdadera mañana de verano ligeramente fría y muy brillante. No había recorrido más de dos cuadras cuando sintió que pisaba una materia resbaladiza. No necesitó mirar para saber qué era, porque todo el camino solía estar salpicado de mierda de perro. Los vecinos de su barrio sacaban a pasear sus mascotas y no recogían los excrementos, así que cada tanto sentía el olor punzante, ácido, que enturbiaba el aire fresco. A menudo, mientras hacía el mismo recorrido, Alvar maldecía la falta de respeto por los demás de aquellos imbéciles. Mortificado, se limpió cuanto pudo en el borde de la acera, y luego contra el césped, hasta verificar que no quedaban rastros. Y sin embargo, un olor desagradable, real o imaginario, lo acompañó durante el resto del trayecto. *Bonita manera de empezar el día*, se dijo, con gesto irónico, sin poder evitar pensar que en esas nimiedades había escondidas turbias señales.

Subió los tres pisos porque no le gustaba usar el ascensor, abrió la única chapa, se deshizo de la chaqueta y de inmediato vio el pequeño envoltorio sobre el mesón de la cocina. Tuvo un estremecimiento. Aquella bolsa de papel parecía hablarle desde su rincón, recordarle que aquel día sería distinto de los demás. Fue directamente al baño, se quitó el zapato y lo limpió minuciosamente con papel húmedo. Pensó en hacerse un café, pero el paquete estaba casi vacío; habría podido ir hasta la tienda más cercana, pero lo venció la pereza. Se sentó frente al computador, fue hasta el final del documento, lo estuvo mirando por unos momentos, y luego echó la cabeza hacia atrás sintiendo que lo agobiaba un cansancio infinito. No era un cansancio físico, o éste no era el fundamental, sino un cansancio de la mente, una dificultad extrema de concentrarse en una idea. *Quizá es miedo*, pensó Alvar. Abandonó entonces su silla ergonómica y fue a sentarse en su viejo sofá, frente a la ventana. Con los codos sobre los muslos y la quijada apoyada en ambas manos permaneció unos momentos, contemplando la calle casi vacía sin nada en mente, o tal vez con ella llena de una materia oscura, la misma que lo acompañaba en sus habituales insomnios.

Unos obreros de uniforme azul descendieron de una camioneta del distrito, ruidosos, vulgares, con cascos y botas pantaneras, atravesaron con conos rojos la callecita cerrada a la que daba el estudio, y procedieron a destapar la reja de la alcantarilla justamente debajo de su ventana; eran cinco, pero sólo uno de ellos metió su pala mientras los otros miraban el hueco con curiosidad de científicos, repentinamente silenciosos; Alvar pensó en un funeral, extrañamente pensó en eso, en un funeral al que asistían reverentes cinco desconocidos vestidos con uniformes azules y cascos amarillos. Del fondo de la alcantarilla salió primero fango de color sepia, y luego, colgando de la pala, toda clase de deshechos, trozos de ropa, plásticos, un pájaro muerto, más fango; y aquellos hombres y Alvar miraban con curiosidad malsana, como si alguien hubiera abierto un agujero en un muro y por él observaran una ceremonia secreta. *Todos somos finalmente voyeristas*, pensó Alvar, *porque el aburrimiento nos hace tener perpetua avidez de novedades, de cualquier cosa que rompa el cerco de la costumbre en la que sobrenadamos*, mientras se alegraba de que estos trabajadores hubieran entrado en su mañana para dilatar la escritura de esas últimas páginas, que sabía que debía escribir porque así se lo había impuesto, pero que aún no encontraban el hilo que le permitiría unir una palabra a otra hasta llegar al final.

Acarició entonces el brazo de su sofá, en gesto mecánico, y como si algo hubiera herido su palma, miró la tela deshilachada. Tuvo la sensación de estar viéndola por primera vez, de estar tocando por primera vez ese sofá de lana, que acariciaba a menudo pero sin sentirlo, *aunque he pasado horas y horas sentado en él a lo largo de los quince años que hace que lo tengo*, pensó. En ese lado descolorido por el sol que entraba por la ventana se sentaba a menudo Alvar cuando ya no encontraba una idea; de tanto sentarse en él estaba raído y con huellas notorias de su cuerpo, de modo que podía decir —alguna vez ese fue un tema de conversación con Marcel— que este sofá era una de las cosas que más le gustaban en la vida, *el equivalente de un perro si lo tuviera*, había dicho.

Lo del perro lo había afirmado alegremente porque nunca le habían gustado los perros. En verdad no eran ellos los que no le gustaban sino él el que no les gustaba a ellos. Lo dijo el veterinario alguna vez que le llevó el Fox Terrier de Federico, lo había dicho a su mujer: todos los perros olfatean la neurosis; el pobre animal veía a Alvar y se ponía nervioso, mostraba sus dientes diminutos, daba vueltas en redondo, en fin, era evidente que su dueño le resultaba antipático. La tortura acabó cuando un Renault 4 lo destripó al cruzar la calle y Alvar se opuso a tener animales en la casa.

Otra media hora estuvo Alvar en aquel sofá, viendo los hombres del acueducto deslizarse dentro de la alcantarilla y emerger de ella. Tomó conciencia de que el dolor de cabeza lo atormentaba de nuevo. Solía ignorarlo, convivir con él, pero esta vez fue al exiguo botiquín del baño y exploró su fondo buscando una aspirina inexistente. Entre desinfectantes y curas y pastillas para la acidez encontró un pequeño frasco de Neosaldina, con fecha de vencimiento de hacía tres años. Leyó la etiqueta, las contraindicaciones, la dosis sugerida, e ingirió cuarenta gotas. Después escarbó en el escritorio hasta encontrar sus libretas de direcciones antiguas que siempre guardaba por años y años a pesar de que, salvo en dos o tres casos, los nombres allí consignados no le importaban en absoluto, y cuando encontró el dato que buscaba lo anotó en un sobre de manila. Mientras las ojeaba, sin embargo, repasó uno por uno los nombres allí apuntados, y comprobó que muchos ya no le decían nada, como si los leyera por primera vez, y que algunos otros correspondían a personas que ya no existían —Sara Hernández, muerta de cáncer de colon, Miguel de Nogales, en un accidente de automóvil, Solano y Miguel Ríos, asesinados en el Sumapaz por los paramilitares— y que otros habían sufrido otra muerte, la del destierro voluntario de sus afectos o el simple olvido. *Un cambio de ciudad, un mal chiste, una pequeña traición, y sale la gente de nuestras vidas sin mucha pena y ninguna gloria*, pensó. Allí estaba escrito, por ejemplo, el nombre de aquel colega suyo, tan mediocre, tan patéticamente inseguro, que había terminado por atacarlo a mordiscos. ¡Pobre gozque rabioso! ¡Cuántas veces nos equivocamos! Otras veces, sin embargo, como decía Virginia Woolf, perdemos a alguien por no animarnos a pasar la calle. A Juan Vila, por ejemplo. Juan era uno de sus pocos amigos. El único al que cierta vez le había mencionado su relación con Silvia, algo de paso, por supuesto, que no diera ninguna oportunidad de consejo o comentario. Juan era leal, discreto, inteligente. Humilde a su manera y divertido. ¿Por qué se había apartado de él? Aquel inventario de afectos que hacía sin proponérselo le mostraba el hombre que era, un ser arisco, alguien que se siente incómodo en compañía de más de dos, un mal guardador de amistades.

Después se sentó de nuevo frente al computador y empezó a escribir, vertiginosamente, como si necesitara expresar un pensamiento que quisiera fugarse. Una sensación extraña, de liviandad, de flotación, de ligero cosquilleo en las manos, le hizo pensar en los efectos de la Neosaldina: *una sobredosis podría producir una muerte placentera*, pensó.

Escribió durante dos, tal vez tres horas. Empezó a releer lo escrito y a medio camino se detuvo, al borde del asco y la tentación de romperlo todo. Imprimió, metió las páginas en el sobre de manila, lo selló, introdujo en el bolsillo interior de la chaqueta el pequeño talego que había visto al entrar y salió a la calle con la necesidad perentoria de un café caliente.

Entró a una cafetería modesta, a la que iba de vez en cuando, situada a dos cuadras del edificio donde quedaba su estudio, pero apenas se sentó se dio cuenta de que por radio se transmitía el programa de aquel odioso periodista que a diario pontifica sobre lo divino y lo humano y a quien un montón de desocupados llama para dar su opinión. Una mujer se refería a los reinados de belleza, diciendo que significaban una erogación absurda cuando buena parte de la población carecía de servicios sanitarios. El periodista de marras, que evidentemente no compartía esa idea, trataba de cortar su intervención de una manera brusca. Una vez lo logró hizo a su compañero de cabina un comentario jocoso sobre la voz de la radioescucha. Según él, la voz evidenciaba que si uno viera a esa mujer se daría cuenta de inmediato de que jamás podría estar en un reinado de belleza. Los dos reían, muy divertidos.

En ese instante la mesera se acercó a atenderlo. Alvar consideró por un momento la posibilidad de pedirle que cambiara de emisora, pero no quiso hacer ese esfuerzo, que probablemente sólo significaría la caída en un programa casi idéntico al anterior, igualmente estúpido, y salió del establecimiento. No entendía la extraña manía de esta época, que no puede vivir sin un ruido de fondo. *Un ruido de fondo*, repitió mentalmente. *Ya nuestro pensamiento es un horrible ruido de fondo*, pensó. Siempre estamos oyéndonos a nosotros mismos, como si dentro de nuestros cerebros tuviéramos un eterno radio encendido. Nosotros opinando sobre nosotros mismos, sobre todo lo que vemos y oímos, sobre lo que alguna vez leímos o nos contaron. Es tal vez para matar esa voz interior, tan perturbadora, que la gente sintoniza a esos tontos comentaristas, o pone vallenatos, o enciende mecánicamente el televisor cuando llega a su casa. Caminó unos diez minutos hasta llegar a un café que le gustaba. Era un lugar sin pretensiones, casi una cafetería de barrio, donde se sentaban estudiantes, oficinistas, hombres solitarios de profesión desconocida. Hasta hace unos años solía frecuentarlo Mr. Hill, el viejo historiador, y Alvar lo veía allí sentado, con un abrigo camel y un libro en la mano, sus ojos bizcos detrás de los lentes enormes, vidrios como culo de botella, sin levantar nunca la cabeza, bebiendo a sorbos un tinto de manera tan distraída que éste terminaba por enfriarse sobre la mesa. Mr. Hill era uno de las pocas personas que a Alvar le resultaban admirables, por su independencia feroz que lo había llevado a describir descarnadamente la mediocridad ambiente, y por su modestia, que lo hacía casi invisible y que quizá, pensó Alvar, no fuera otra cosa que una forma elegante de la arrogancia.

Estuvo pensando dónde sentarse, y finalmente lo hizo en aquella mesa donde había visto a menudo a Mr. Hill, aunque extrañado de su propia decisión. El sitio estaba casi vacío y el sol, que atravesaba el ventanal, caía tibio sobre su cabeza. Por primera vez en muchas horas sintió un bienestar verdadero, que nacía de esa soledad casi absoluta, de los dieciocho grados de temperatura, de una conciencia de estar vivo que se originaba, como quizá pase en los animales, en la pura sensación del cuerpo en reposo. Pidió un expreso y luego otro, mientras ojeaba el periódico que trajo la mesera. Leyó los titulares: «Gómez, casi campeón», «Masacre en Piedrasnuevas», «Investigan a gerente de Exocol». La prensa lo asqueaba, casi más que esa realidad atroz. La noticia del día era el hallazgo de unas canecas repletas de dinero, que la guerrilla había escondido, y que ciento cuarenta soldados habían decidido repartirse luego de acordar un pacto de silencio. El presidente y el ministro de gobierno hablaban de traición a la patria. Alvar no pudo evitar una sonrisa. Ciento cuarenta soldados colombianos que se ponen todos de acuerdo para adueñarse del dinero hallado. Ni una sola disensión, ni una leve duda. Todos unidos ante la oportunidad, como un solo hombre. Para ellos no había habido noción de jefe, ni de patria, ni de bien ni de mal ante las canecas repletas. ¿Qué deberían haber hecho, pues, estos hombres que mañana estarían muertos por una granada o una ráfaga de fusil? ¿Qué deberían haber hecho esos soldaditos miserables ante los paquetes rebosantes de dólares? ¿Dárselos, tal vez, a unos jefes que darían cuenta de una mínima parte del hallazgo, o a una burocracia ahíta de robos? ¿O devolvérselo a sus dueños legítimos, la guerrilla lumpenizada que obtuvo el dinero por secuestrar ganaderos e industriales? ¿O quizá entregárselos a estos últimos, hombres de negocios sin un ápice de sensibilidad social, apoltronados desde siempre en sus privilegios de clase o terratenientes enriquecidos a punta de sacarle partido a los siervos de la gleba? No, los soldados, los guardianes de la paz nunca alcanzada, se delataron en burdeles donde pagaron las prostitutas más caras y se bebieron todo el ron que no iban a beber en el resto de sus días. *Ah, país irrisorio, país abatido*, se dijo Alvar, no sin cierto dolor.

Con Mr. Hill había estado hablando una vez, precisamente, frente a un televisor encendido, mientras un presidente echaba algún discurso patriotero. El viejo había anotado que para estar en el poder se necesita tener o un optimismo bobalicón o un cinismo a toda prueba. Algo parecido le había dicho Marcel: «Un cargo institucional nos lleva, necesariamente, a construir discursos mentirosos; termina uno siendo un costal repleto de lugares comunes y de frases adocenadas». Alvar se alegraba de no haber aceptado ningún cargo directivo en la universidad. Había en él un deseo de ser inconspicuo, de desaparecer. Quizá fuera timidez. Quizá, simplemente, desinterés por este tipo de cosas. ¿Cuándo había dejado de creer? A los veinte años había adherido a causas perdidas, había firmado manifiestos y participado en una que otra marcha. Pero la figura del entusiasta, dispuesto siem-

pre a cantar himnos y a arriar banderas, le había
empezado a parecer pronto cercana a lo cursi; y las
concentraciones de gente, los bazares, paseos, reuniones de familia, inaguantables.

Ya en las grandes fiestas que daban sus padres cuando era un niño, o bien se recluía en su
cuarto y se negaba a salir, o bien hacía presencia en
ellas, moviéndose en medio de sus primos mayores pero participando en mínima medida del albo-
roto, prefiriendo la soledad o la compañía en algún
rincón de cualquiera de las amigas de su hermana.
Más tarde, cuando era un adolescente, aprendió el
arte de aislar los momentos de felicidad y disfrutar-
los, atesorándolos para revivirlos después, cuando
lo agobiaba la soledad o el tedio. Muy pronto, también, se convirtió, sin proponérselo, en un espectador perpetuo de todo evento, en alguien que mira
y se ve mirar, es decir, en alguien con una permanente sensación de extrañeza, de enajenamiento,
capaz de ver a los otros como sordas marionetas en
movimiento o como actores de una película a la
que le han robado el sonido. Sus compañeros de
aquel tiempo, los ardientes idealistas que pegaban
carteles en las madrugadas embozados en bufan-
das ajenas, eran ahora o perros raposeros que habían aprendido el arte de enriquecerse, o tristes
gozques apaleados por la vida que mostraban sus
dientes amarillos en sonrisas cansadas: Ordóñez,
que estuvo siete meses en la cárcel y se decía que
había sido torturado por el ejército, era ahora un
escritor de tercera; Juan Gálvez, había huido a los
Estados Unidos después de ser acusado de estafa;
Marín era un abogado buena persona, padre de
cuatro hijos; Joaquín Salazar, un decoroso profe-

sor universitario que lideraba proyectos que nunca terminaban de armarse.

Una mujer de edad mediana entró y se sentó en la mesa del frente. Alvar encontró atractiva su delgadez y elegante su vestido negro, pero se olvidó de ella en seguida. Leyó: «Juan Marcial a la Bienal de Venecia». *Juan Marcial es un farsante,* pensó, *¿cómo puede ir a la Bienal de Venecia?* Cuando alzó los ojos la mujer lo estaba mirando. Él sostuvo por un momento la mirada, siguiendo un viejo entrenamiento, y luego la desvió hacia la calle, donde un basuriego escarbaba en unas canecas. Lo vio meter las manos ennegrecidas, sacar trozos de cartón, botellas, una pelota, ordenar todo con método en el carrito esferado. Éste había sido adornado con esmero por su propietario, con taches de colores en forma de estrella. No tuvo que voltearse para saber que la mujer lo seguía mirando. Sacó un billete de diez, que era mucho más de lo que costaban los dos expresos, lo puso sobre la mesa, se levantó de la silla y permitió que su mirada se cruzara con la de la desconocida, sosteniéndola. Ella, ligeramente abochornada, esperó inmóvil. Alvar le sonrió, caminó en dirección de su mesa y cuando estuvo seguro de que la mujer había respondido a su sonrisa dio un pequeño viraje que lo condujo hacia la salida del café, dejándola humillada y confundida.

«Tienes mucho de canalla», le había espetado alguna vez el marido de su hermana, enfurecido por la terquedad de Alvar, que durante años se negó a pisar la casa de su madre. «Eres un desalmado», le había dicho Irene en más de una ocasión, después de constatar la impasibilidad de ciertas actuaciones suyas o la crueldad de sus palabras. Para Alvar, simplemente, aquellos no eran unos apelativos acertados, pero sabía perfectamente qué tan capaz de hacer daño podía ser. Recordó aquellas vacaciones en Morrosquillo, en casa de unos primos paternos: en la playa, levantaban morosos castillos de arena llenos de túneles y torres y banderas clavadas, y jugaban a enterrarse unos a otros en túmulos sepulcrales. Cuando se cansaban, se internaban en un terreno montaraz, donde a veces encontraban cangrejos gigantes e iguanas que perseguían a pedradas. En una de aquellas ocasiones, su primo Miguel, tres años menor, y Alvar, que no tendría más de doce años, alejados ya mucho de la casa, habían descubierto una caseta de madera, perdida entre palmeras remotas. Entraron, curiosos, a explorar, y Alvar ayudó a subir a Miguel sobre una caneca invertida que daba acceso a un semitecho misterioso. Cuando el niño estuvo allí, en lo alto, sin posibilidad de bajarse, Alvar salió, puso el cerrojo desde afuera, se alejó del lugar y corrió hasta la playa, donde se zambulló en el mar para no oír el llanto que lo perseguía. Permaneció en el agua, tratando de atrapar los pececitos plateados y jugando con las olas que la marea aumentaba, hasta que lo venció el cansancio. Entonces regresó, impávido, hasta la caseta de madera, y abrió la puerta. El pequeñito, cansado de llorar, se había dormido en su pobre pedestal.

Era su más remota acción despiadada. Pero no la única. A alguna amante efímera que se quejaba de que él era incapaz de recibir su amor le había aconsejado que se buscara un perro. A Irene la había castigado a menudo con largos silencios. A Silvia, en aquella última conversación, algunos años después de la despedida, le había dicho cosas hirientes, mentiras que a ella le dolían: necesitaba que no lo perdonara para no tener la tentación de regresar. A veces, como con aquella coqueta mujer hermosa, el castigo a los demás le producía a Alvar cierta embriaguez momentánea.

Bajó hasta la carrera séptima y tomó en dirección sur. En cierto momento divisó la oficina de correo y vaciló: aquel sobre le estorbaba, quizá fuera cuestión de enviarlo desde ese lugar. Entró. La empleada, una muchacha desdibujada de pelo muy liso, hablaba en ese momento por el teléfono, apoyándolo entre la oreja y el hombro mientras usaba las manos para sellar un paquete. Frente a la ventanilla dos personas esperaban. Alvar permaneció en la fila unos minutos, sintiendo ya los estragos de los dos expresos en su estómago. Impaciente, sus dedos no dejaban de tamborilear sobre su muslo derecho. La muchacha daba ahora unas explicaciones minuciosas, repitiendo lo mismo una y otra vez. Siguiendo un impulso repentino, Alvar dio media vuelta y salió de la oficina. Uno de esos estados irritantes que desde siempre lo acometían iba creciendo en él, más allá de proporción con respecto al contratiempo. Pensó en lo fácil que sería echar aquel sobre en la caneca más próxima, depositarlo delicadamente en una tapia, en un jardín. *Pero si tengo todo el tiempo por delante*, alcanzó a reflexionar, *si puedo poner el sobre al correo en otra parte, más tarde o tal vez mañana*. Pero como solía pasarle, la conciencia de su propia intransigencia no logró calmarlo del todo. En cambio, y todavía excitado por el enojo, repitió aquella frase que acababa de venir a su cabeza: *pero si tengo todo el tiempo por delante.* Casi sonrió. Repitió la frase una y otra vez hasta que ya nada quiso decir.

15

Los días que siguieron a la muerte de Alvar fueron tan oprimentes, obsesivos y amargos como aquellos otros días de su abandono, nueve años antes. Con la misma compulsión con la que relatamos una y otra vez un acontecimiento insólito del que hemos sido testigos hasta agotar los hechos y hacerlos lejanos, con verdadera pertinacia, me dediqué a leer y releer aquellas páginas suyas, como asaltada por un nuevo y febril enamoramiento que me hacía buscar sentidos escondidos, mensajes, claves, en fin, lo que nunca pude obtener ni comprender: la naturaleza misma de Alvar.

Con una sonrisa desvergonzada he debido reconocer muchas veces mi espíritu fetichista, que me hace guardar unas entradas de cine durante años en los bolsillos de una chaqueta, o una servilleta arrugada entre las páginas de un libro, de modo que no me resultó del todo inesperado el impulso un poco ridículo de rastrear el pasado con una minuciosidad tan morbosa como de antemano inútil. Inventé así almuerzos en lugares que no pisaba desde entonces, y volví a mis caminatas nocturnas, desandando las calles que recorrí con Alvar, para ligarlas a una frase, a una broma, a una risa que volvía a mí intacta, a los sueños que a menudo nos contábamos sin aburrirnos como si fueran páginas fantásticas de cuentos leídos antes de dormirnos. Recuperé en esas pesquisas, sin proponér-

melo, la noción del amor, tan imperdonablemen-
te cursi, tan infantil y enfermizo siempre, y siempre tan anhelado en su atontamiento, en su vértigo que anula todo tedio, y maldije mil veces a Alvar
y lo llamé egoísta y cruel e inhumano a sabiendas
de que todos eran finalmente epítetos falsos para
llamarlo, pues él simplemente había sido amasado
con una tierra distinta a la mía, insuflada, para su
desgracia, de la más dolorosa conciencia. Creí entender también en aquel entonces —pero entender
era una palabra que jamás me había servido en relación con Alvar— que su abandono no había nacido del desamor, sino de una determinación de su
terrible vanidad y egoísmo, un gesto autoprotector
en que él, que siempre se había alimentado de som-
bras, preservaba de ellas su futuro.

Alvar y yo habíamos tenido que enfrentar
muy pronto el delicado tema de la infidelidad, traído a colación por él —a quién le mortificaba el engaño— no por mí, pues si bien una relación clan-
destina no era algo que yo quisiera tener, no estaba
dispuesta a hacer exigencias nacidas del escrúpulo
ni a mutilar aquella experiencia feliz: imaginar mi
vida sin Alvar sencillamente me hacía perder el aire,
sentirme vulnerable y propensa a la autodestruc-
ción.

Todo mi engranaje ético había quedado de
repente sin grasa, trabado sin remedio alrededor
de un punto ciego. Y sin embargo, más allá de cualquier juicio moral, algo de otro orden se me había
ido revelando poco a poco: el amor de Alvar, no
por contenido menos evidente, poseía un aura de
violenta energía que se traducía en signos tan am-
biguos como perturbadores. Un silencio helado,

un mirar lóbrego que deshumanizaba sus ojos, una tristeza sin resquicios, se levantaba a veces entre los dos, deshaciendo mis gestos y mis palabras, trozándolos como con unas tijeras implacables. Me daba miedo Alvar, su autosuficiencia felina, su impenetrabilidad, sus ensimismamientos que se me antojaban infinitos, su magnetismo; su libertad a toda prueba, en vez de iluminarme y darme vida, me reducía, me ponían límites, ejercía sobre mí algo así como un debilitamiento físico. La potencia de su lucidez sin piedad caía sobre el mundo haciéndolo saltar en pedazos, pero en el centro mismo de ese mundo parecía estar yo, vencida por una pasión inconmensurable.

Para la mayoría Alvar era un hombre complicado, soberbio, un neurótico capaz de los mayores desplantes y desprecios. Para quienes lo querían, para sus pocos amigos y sus mejores estudiantes, para su asistente y para mí misma, Alvar era un hombre acorazado, temperamental e implacable, con una capacidad mínima para mentir, no por inocencia, ni por bondad, sino por una extraña fidelidad a sí mismo. De esta fidelidad y consecuencia daba testimonio su misma obra, en la que sus no muchos pero admirados lectores habían podido leer el más triste y valiente testimonio de fracaso. Y es que ocho años después de haber escrito su primer texto, Alvar había publicado un artículo de treinta y dos páginas en el que se retractaba de uno de sus postulados fundamentales, formulaba un pensamiento distinto, a manera de alternativa, y pedía a sus lectores que olvidaran las páginas pertinentes que en dicha publicación hacían referencia a ese tema. Esa retractación de Alvar dio pie a dos o tres artículos muy interesantes, entre ellos uno de Amado Padrón, el escritor cubano que ha trabajado más profundamente estos temas, quién rebatía su nuevo punto de vista y se declaraba convencido del primero. Dos años después, a través de un artículo de cinco páginas, los lectores, conmovidos tal vez, asistieron a una nueva prueba de su honestidad: Alvar daba la razón a Padrón en sus puntos centrales, rebatía otros, y reconsideraba como probable su argumentación inicial, la contenida en *El desorden de la mirada.*

Que Alvar hubiera ganado uno de los premios Clement Greenberg de ensayo siendo aún joven pudo ser perfectamente lo que afectó el resto de sus días, pensaba yo ahora, no porque no lo estimulara, que sin duda lo hizo, sino porque lo comprometió con su propio talento, en el que confiaba y al que a la vez temía, porque iba aparejado a un sentido autocrítico demoledor, implacable —que hizo que Marcel lo llamara bromeando «el Uroboros» (*el que se devora la cola*, me explicó Alvar)— que terminó, no lo dudo, por llevarlo a la muerte.

A pesar de ser un hombre por excelencia reflexivo, un teórico, Alvar solía hacer la broma de que su verdadero destino era la carpintería o la albañilería. Trabajar con las manos lo habría hecho, solía decir, más feliz. Aquello que se me antojaba entonces una *boutade* en su boca, explica el sueño enredado que lo llevó a construir su casa en el campo, la cual hizo prácticamente con sus manos, y a la que dedicó todo su año sabático, que estaba destinado originariamente a la escritura de un trabajo sobre las formas simbólicas en Panofsky. Durante semanas y semanas, según me contó, se recluyó con un pequeño equipo de maestros en un lugar escarpado y bastante inhóspito de las montañas de Guasca, alejado de todo, revisando él mismo cada detalle, desde la distancia de una a otra bisagra hasta el grosor de un batiente, hasta hacerla a su amaño y con el rigor con el que asumía todas sus tareas.

Cuando conocí a Alvar acababa de terminar esa casa que su mujer apenas si pisó y en la que él se refugiaba cada vez que podía. Allí no fui sino una vez, única y definitiva, pues parecía muy celoso de ese espacio, cosa que no ocurría con su estudio, al que entré más de una docena de veces, y del que tenía y tengo la llave, que ha permanecido nueve años —hace poco caí en cuenta— colgada de mi llavero, como si en cualquier momento pudiera volver a usarla. Subimos por la carretera a media tarde, bajo un sol sabanero que alargaba la sombra de los árboles y resplandecía en sus hojas, en los techos de teja de las fincas, en las montañas de verdes diversos y cambiantes. Aunque aquel viaje significaba una pequeña aventura, una especie de picardía que nos alejaba de nuestros trabajos a una hora insólita, no había en Alvar un ánimo propiamente festivo. En su cuerpo se revelaba una tensión extraña, que se me antojó, no sé por qué razón, que obedecía a una especie de deseo anticipado, de exasperación pasional llena de impaciencia. Quizá esa sensación se debiera a que su mano derecha con frecuencia abandonaba el timón para apretar mi mano, con tal intensidad y quizá nerviosismo, que a veces la caricia resultaba dolorosa. Pero no había palabras. Y aquel silencio, aquella concentración de sus ojos en la carretera y de su mano en la mía, provocaron en mí un sentimiento de triste impotencia: era como si aquel hombre cuyo perfil yo contemplaba sin cansarme, fuera a la vez íntimo y desconocido, cercano y ajeno. Ahora puedo decirlo con todas sus palabras sin sucumbir a la pena: a pesar de su amor, yo sabía que Alvar no me necesitaba. Ni a mí ni a nadie.

No me resulta fácil describir aquella obra escueta que es su casa, casi simple, con algo de cárcel y de convento y de observatorio, con su escalera en espiral, sus desnudas paredes de ladrillo, su sala rodeada de ventanales asomados al abismo, y su estudio en el último piso, estrecho y austero, y con seguridad helado de no ser por los tapetes y cojines mullidos y de la chimenea, casi desproporcionada, que el campesino que hacía las veces de cuidandero encendía con facilidad, según me dijo Alvar, y que él mismo se encargaba de mantener viva.

En aquella mansarda, donde no había más que un sofá y un escritorio que miraba a la única ventana, se contaban escasos cincuenta libros que Alvar había escogido entre los casi tres mil ejemplares que alguna vez poseyó, y que luego, no hace más de dos años —lo supe por un amigo— regaló, no a la universidad pública donde trabajó veinte años, sino a una de las bibliotecas periféricas de la ciudad, donde, al decir de algún entendido, tendría pocas posibilidades de uso.

Allí, en su estudio, Alvar me mostró, sin ningún entusiasmo, una serie considerable de dibujos hechos en tinta y lápiz, tan sugestivos y misteriosos que hoy puedo repasar muchos de ellos en mi mente. Pequeños hombres con un componente mecánico en su constitución, pero también con algo animal naciendo del trazo infantil, que a menudo mutilaba las piernas, un brazo, la cabeza simiesca que caía derribada, sin el más mínimo patetismo o sentimentalismo. A la vez intelectuales y primarios, aquellos dibujos estaban llenos de intensidad: eran íntimos, doloridos y reveladores. Aunque no quisieran serlo, equivalían a una confesión, y por eso mismo despertaron en mí esa ternura vaga que a veces sentimos las mujeres por ciertos hombres adultos. Lo abracé, conmovida. Mientras lo hacía, sentí su fragilidad última, su oscuro desamparo, y pude medir el tamaño de mi pasión, que casi me ahogaba. Nos desvestimos, ansiosos, casi desorientados, como un par de atolondrados adolescentes que no encuentran tan rápido como quieren el cuerpo desnudo del otro. Luego nos amamos de una forma tan nueva, tan diversa, tan lenta y vertiginosa a la vez, que mi cuerpo sintió, al contacto del cuerpo de Alvar, que nacía otra vez aquella tarde. Mi mano tocaba su rodilla doblada, su muslo tenso lleno de vello, la espalda cálida, y se enervaba en el milagro de la carne divinizada por el deseo, que anhela a la vez la multiplicación del instante y la eternidad de la caricia. Con una intensidad vibrante Alvar besó una y otra vez mi pelo y mi frente y mis hombros y mis senos y la curva de mi pie, como un oficiante de un rito desconocido que regresa siempre a los labios a beber un vino sagrado, y me llevó a la cima del placer con la fuerza delicadísima de su pasión, que me alzó en vilo sobre un oscuro mar donde ya no había conciencia.

Después de su orgasmo me abrazó de una manera tan violenta, que una vez desatados, naturalmente nos miramos a los ojos. Algo tan triste, tan profundamente humano había en los suyos, que le pregunté qué pasaba, con un sobresalto que nacía de mi intuición. Me contestó con una voz ronca, casi desconocida, la voz de un deudo enlutado, de un minero al fondo una mina inundada, de un moribundo. Y lo que me dijo iba a cambiar no sólo los meses siguientes sino todos los años venideros.

No tenía sentido repetir la historia, dijo Alvar, *amansar el milagro, acomodarse, volver a vivir lo ya vivido con otro, traicionando, además, a ese otro*; la mentira le resultaba impracticable, me explicó, pero más que actuar movido por una creencia respondía a su egoísmo, que él no menospreciaba, y a la convicción de que después de un tiempo de estar en un mismo sitio empezamos a ser mortificantes para los demás, *pues no soportamos el verdadero conocimiento del otro*, así dijo. *No, el amor y el conocimiento resultan incompatibles*, añadió. Había decidido ya hace tiempo dejar todo *en ese punto, en el que ya has alcanzado tu definición mejor*, citó, parafraseando el verso con una inflexión irónica que quitaba trascendencia a su cita. Alvar hizo silencio mirando al techo, desatendiendo mi mirada estupefacta, entre adolorida y rabiosa. *Debo ser coherente*, dijo Alvar, justificándose. Le recordé que Wilde dice que la coherencia es el último refugio de los que no tienen imaginación. *O de los que creen que todo vuelve a repetirse, sin remedio*, me contestó él.

Una conversación serena —a pesar de que me saltaban las sienes y sentía un repentino vacío estomacal— me hizo saber que para Alvar *el amor, con sus ansiedades y exigencias*, era algo que no podía soportar. Porque había recaído en el amor y había cedido a él y ahora *dependía de él,* dijo, era que había decidido despedirse, dejarme. Volvería a su soledad, a sus tareas de ensayista, que hacían más tolerables sus horas, y a la indiferencia, que lo salvaba de la desesperación. Un matrimonio como el suyo, donde las palabras ya no tenían sentido, afirmó Alvar, *era la manera más verdadera de convivir con la miseria,* ésa de la que derivamos nuestra fortaleza.

En los días siguientes, tentada por el melodrama, cedí primero al llanto, y después a formas más innobles del dolor: a la anorexia, al arrebato febril, a la ensoñación, a la distracción, a la fantasía de la muerte, y finalmente a las gafas oscuras en el anonimato de los supermercados, a la humillación, a las preguntas, sin comprender todavía el poder destructor de la voluntad amurallada de Alvar. Otra vez experimentaba la sensación de abandono a la que tanto le había temido toda la vida y que me había llevado, lo comprendía bien, a terminar una y otra vez mis relaciones afectivas antes de que el otro se adelantara a mi decisión y me hiciera daño. En diversas ocasiones yo misma me había infligido ese daño, había renunciado y asumido la conciencia del fracaso, entre la rabia y la culpa, sólo para no sentir lo que ya había sentido primero con mi padre y después con aquel primer amor adolescente que había roto brutalmente la burbuja de mi confianza. Alvar, sin embargo, no me había dado tiempo, se había adelantado a mi muy probable maniobra futura, y de esta manera no sólo había trastocado las fichas de mi juego sino que me había devuelto a un dolor que ya no recordaba, contaminado de humillación y de impotencia. En mi caso, mi relación se había visto truncada tan abruptamente que lo perdido no sólo había obrado con contundencia desgarradora sino que había quedado flotando en una geografía nebulosa, donde mi imaginación lo hacía aparecer, una y otra vez, como a un fantasma perturbador al que se quiere desentrañar a fuerza de evocarlo.

Cada esquina fue entonces una encrucijada donde el azar podía producir un milagro, y cada canción una alusión secreta, y el sol de los sábados por la mañana un pobre motivo para que un ser convaleciente y aterido saliera a pasear su perro, y aquella frente entre la multitud era la suya, y quién tuvo la culpa, me preguntaba, de qué tuvo la culpa, sabiendo, mientras amaba tercamente su crueldad, que no hay culpa ni en el amor ni en el desamor ni en el odio.

Hoy, muerto Alvar, yo podía dedicarme a recordarlo, libremente y sin miedo, puesto que mis afectos no comprometían ya el futuro. Ahora él era apenas un montón de recuerdos diseminados entre la gente que lo conoció, unas llaves en el bolsillo de una chaqueta, una libreta de teléfonos que envejecía, su librito sobre la mirada que creó tantas expectativas, cinco o seis artículos aparecidos durante veinte años en revistas de física, arte o filosofía, estos papeles que ahora reposaban en mi mesa de noche —novela o diario o nada rotulable—, su casa de campo, su extraña casa de campo que no se sabía si era o no bella, y su obra inacabada, la obra que todo el mundo esperaba y de la que todo el mundo hablaba, a la que había dedicado, nos imaginábamos todos, cada uno de los días de los últimos años y todas sus noches de condenado insomnio.

16

Cuando Alvar llegó al restaurante vio que su hijo no estaba por ninguna parte. Entonces, movido por un impulso que concretaba los miedos que había acumulado en el camino, salió rápidamente a la calle. No, no lo veía. No podía verlo hoy, exactamente hoy. ¿Qué podría decirle? ¿De donde sacaría fuerzas para aquella conversación que Federico, angustiado como estaba por sus propias incertidumbres, le había anunciado? Últimamente no se veían mucho, pues desde hacía unos meses se había ido a vivir solo, a regañadientes de su madre. La decisión había desatado tales discusiones, que ahora la relación entre Irene y Federico se había vuelto tirante, distanciada. A Alvar, en cambio, le parecía apenas natural que alguien de veintidós años cumplidos viviera de modo independiente, más aún cuando gozaba de una pequeña renta que le había dejado la abuela. Por estos días el muchacho se debatía con una decisión importante: le acababan de dar una beca en una universidad gringa, de mucho renombre, pero ubicada en un pueblito aislado, donde no había mucho más que un teatro y un McDonald's. Él mismo la había pedido, pero ahora no sólo estaba sorprendido de haberla obtenido, sino que se dolía de tener que dejar su vida reciente, que incluía un pequeño apartamento recién dotado y un grupo musical en donde él tocaba la batería que iba viento en popa. La noche anterior había llamado a Alvar para pedirle que almorzaran juntos y hablarle del tema, pues debía contestar la carta antes de ocho días. Ahora, él debía hacer lo que se espera de un padre: dar un consejo, mostrar una certidumbre, insuflar entusiasmo y aliento. Todo aquello le significaba un enorme esfuerzo.

Caminó sin saber hacia dónde se dirigía, perturbado por su deseo de huir. Recorrió seis, siete cuadras, sintiendo las mejillas congestionadas, y fue a dar a una calle repentinamente solitaria, que podría jurar que nunca había visto. Las casitas de ladrillo muy oscuro, rematadas por techos de teja y precedidas de anacrónicos jardines, se alineaban con gracia, como colegialas uniformadas y sin embargo hermosas. Árboles de hojas muy verdes, acacias tal vez, daban sombra a la calle: un repentino oasis que se abría al mediodía, un vestigio de una Bogotá que desaparecía. Aquel espacio milagrosamente silencioso, casi mágico, hizo que sintiera una sensación de alivio. Pensó en lo que sentiría Federico de su doble abandono. Dio otra vez la vuelta, por la acera opuesta al restaurante. Desde donde estaba vio venir a su hijo. Entró a una tienda, sintiéndose un imbécil. Como no sabía que hacer allí, pidió una caja de chiclets, a sabiendas de que los odiaba. Mientras metía la caja en el bolsillo, seguro de que ni siquiera iba a abrirla, dudó de nuevo. Se dirigió entonces, ya sin vacilaciones, a la puerta del restaurante.

Apenas entró vio a Federico, que se había acomodado ya junto a la ventana. De un tiempo para acá lucía bastante cambiado: llevaba un *piercing* sobre la ceja, y el pelo, rojizo como el de

Irene, tan corto, que parecía salido de una película futurista. Mientras se sentaba a la mesa, Alvar no
pudo dejar de admirar la belleza llena de frescura
del muchacho; pensó que aquel hijo era la mayor
evidencia de que él estaba envejeciendo. Parecía
como si se viera él mismo treinta años antes, aturdido de juventud y sano como un vaso de leche.
Sintió una leve envidia. Y en seguida, el mismo ligero desconcierto que lo invadía siempre frente a
Federico, semejante al que sienten los adultos ante
la mirada inquisitiva de los niños. El irremediable
miedo masculino al acercamiento físico, su propia
introversión, el egoísmo propio de la adolescencia,
habían limitado desde hacía años las conversaciones con su hijo. De vez en cuando hablaban de música o de cine, pero sus gustos por lo general no
coincidían. Alvar tendía a la ironía, Federico al silencio desdeñoso.

En el fondo de sí se dolía de aquel desen-
cuentro, porque Federico era y había sido siempre
el más grande de sus afectos; durante la infancia los
había unido una complicidad que se traducía en paseos en bicicleta, cometas que se resistían a elevar-
se, castillos de arena en la playa y juegos mañane-
ros entre las cobijas, en fin, todo lo que un padre
corriente puede hacer con un hijo. Alvar recordaba con especial satisfacción un largo viaje en avión
que habían hecho juntos para encontrarse con Irene. La dócil convivencia de aquellas horas, las conversaciones espontáneas, las pequeñas dificultades
compartidas, los habían hecho sentir verdaderos
camaradas. Aquella amistad se había resquebrajado y ahora sólo quedaba vivo un intercambio ca-
sual, esporádico, reducido casi a lo necesario. Fe-

derico, que ahora se veía eufórico, empezó a hablar de un festival de rock en el que su banda iba a participar. Era en verdad importante: estarían en el mismo escenario en que iban a tocar Aterciopelados y Kraken. ¿Se daba cuenta Alvar de lo que esto significaba? Éste seguía la charla con dificultad, porque su mente se resistía a concentrarse. Su atención se posaba en una y otra cosa, desordenadamente: en las fotografías de la pared, en las que un oriental con delantal de cocinero posaba al lado de celebridades locales; en dos reseñas enmarcadas cuyo título repasaba mecánica y agotadoramente; en las mesas ocupadas por el mismo hombre de camisa azul clara y corbata amarilla, que se repetía, idéntico, al menos una docena de veces; en una mujer con las manos llenas de anillos y uñas muy rojas. Oía lo que su hijo decía de manera fragmentaria, deshilvanada, como al fondo de un sueño. Por un silencio un tanto prolongado supo que le había hecho una pregunta, de modo que con un esfuerzo disimulado logró que la repitiera. Sí, si había visto *Las Horas*. Era una buena adaptación del libro, sensitiva, delicada, aunque se perdieran tantos efectos sensoriales. Durante muchos años había odiado a Meryl Streep, pero esta vez había que reconocer que hacía bastante bien su papel. A Federico le había gustado mucho la música de Philip Glass. A él también, por supuesto. Pero la conversación sobre cine no prosperó. Se hizo un largo silencio. El muchacho hizo un intento más: comentó algo sobre la noticia del matute hallado por los soldados. Por la mente de Alvar pasaron algunas reflexiones, algunos juicios, pero en vez de expresarlos lanzó un corto gruñido. Federico pareció concentrarse en su plato. Alvar había pedido un expreso, el tercero del día. Mientras se lo tomaba sintió como se electrizaban sus terminaciones nerviosas.

Su hijo no era aburrido: de alguna manera parecía dispuesto a complacerlo proponiendo aquellos temas. Pero Alvar se sentía apático, desinteresado, y sabía que no era ésta la primera vez que pasaba. Sintió el malestar de la culpa; ese hijo creativo, algo amargo, como él, crítico pero lleno de curiosidad intelectual y de fuerza afectiva, no lograba moverlo de su lugar. Se preguntó si había perdido su capacidad de amar.

Los hijos se suelen tener un poco al azar, sin mayores reflexiones. No había sido su caso. Irene le había propuesto que deseaba ser madre antes de los treinta, así que él sabía exactamente qué día y a qué hora habían concebido al niñito llorón que luego atormentó sus noches. La maternidad no le había sido muy grata a su mujer, que durante muchos meses había perdido todo apetito sexual. Mientras Irene criaba a aquel muchachito comelón y se deshinchaba llenándose de estrías, Alvar había sufrido, como iba a sucederle siempre, el asedio de varias de sus alumnas: era un profesor brillante, en la flor de la edad, con un cuerpo envidiable y con la aureola romántica de una neurosis cultivada. Él les había seguido el juego, para luego dejarlas, temblando, al borde de la consumación sexual: su voluntad era capaz de obrar milagros en mitad de una erección. No lo hacía por perversidad —o al menos eso le decía su conciencia— sino por una mezcla bastante equilibrada de cobardía, certeza de que no quería comprometerse e imposibilidad de traicionar.

—¿Qué has pensado de lo de mi beca? ¿Crees que vale la pena?

Era evidente, por el tono de la voz, por la ansiedad de la mirada, que Federico confiaba en lo que dijera su padre, o que, al menos, esperaba con mucho interés su opinión. Alvar pensó en que tendría que salir adelante sin mentir. Cualquier otro día esta conversación habría sido más relajada, más sencilla. Hoy no. Odiaba los consejos, no creía en ellos. Pero quién ahora se los pedía era su hijo, la persona que él más quería. Le preguntó cuál era su deseo más íntimo.

—Quedarme. Pero pienso que puedo estar eligiendo una estupidez. Allá…

—¿Allá está lo serio, un futuro profesional… el camino más seguro para llegar al éxito?

—Sí. Tal vez sí.

—¿Y aquí?

—Pues están Diana… y mis amigos, y el grupo. Allá… me han dicho que puede ser aburrido.

—¿Qué te tienta más?

—Esto. Aquí. Que tal vez sea el fracaso.

—Diana puede no estar en un mes, en un año. El grupo puede disolverse. Pero yo te diría que uno tiene que ceder a las tentaciones. Aunque no lo creas, se necesita valor para ceder a ellas.

—Tal vez es que no soy ambicioso…

Federico había dejado los cubiertos sobre el plato. Empezó a morderse la uña del dedo meñique.

—Ambicioso… ¿qué es la ambición? —Alvar no pudo disimular un cierto tono irónico—. A veces la ambición puede ser tan sólo una máscara del fracaso. Otra cosa es la capacidad de riesgo. Eso sí nos debe atraer… El sentido común casi nunca nos lleva a ninguna parte.

—¿Me estás diciendo eso tú? Federico sonreía, incrédulo.

—Sí, yo —dijo Alvar con una sonrisa burlona. Había logrado, no sólo concentrarse en la
conversación, sino sentir un momentáneo entusiasmo.

—¿Quieres que te diga una cosa? Entre la
sensatez y el peligro me quedo con el peligro. Si
de algo me lamento hoy es de los errores que no
cometí… Y también de los que cometí.

Federico frunció el entrecejo.

—Tú has sido siempre un tipo sensato.

—Yo lo que he sido es un tipo aburrido
—se rió—. No nos gobernamos, Federico. Con
la voluntad vamos haciendo dizque un camino…
y de pronto nos damos cuenta de que estamos en
un lugar completamente distinto a aquél al que nos
dirigíamos. No hay tampoco justicia inmanente.
Somos castigados porque sí y porque no. Así que
hay que tratar sobre todo de ser felices. ¿Qué dónde está la felicidad? Hoy aquí, y mañana en la acera contraria…

—¿Entonces?

—Entonces mañana cruzas la calle.

—¿Estás seguro?

—No. No estoy seguro de nada.

Había logrado dar cuenta de casi la mitad
de su plato. La columna le seguía mortificando,
y aunque el dolor de cabeza había cedido lo atormentaba un ardor gástrico.

Mientras Federico, que había quedado silencioso, devoraba un postre, Alvar pensaba que aquel muchacho crecería, tendría espaldas anchas y piernas formidables, como él mismo, y si corría con suerte viviría de la arquitectura o se iría a hacer música a los Estados Unidos o a Inglaterra. Se casaría, y habiendo aprendido la lección de la experiencia, quizá optara por algo menos filoso y tenso que la relación entre Alvar e Irene. Tal vez optara, incluso, por no casarse. Mirándolo, concluyó que sabía menos de aquel hijo suyo que de algunos de sus colegas. Muy seguramente a Federico le pasaba lo mismo en relación con él: no estaba seguro de que hubiera leído sus pocos ensayos y no habían hablado en más de dos ocasiones del libro que escribía hacía ya casi diez años. Tal vez, por qué no, Federico recordaría a su padre como él mismo se veía, como un hombre obstinado, propenso a la crueldad, dolorosamente sensible. ¿Por qué no llevar la conversación más lejos, pensó, preguntarle si había vuelto a escribir poemas o proponerle que le mostrara sus últimas fotografías?

Alvar bostezó, como cada vez que, vacilante, no encontraba una forma fácil de relacionarse con su interlocutor. Explicó, para no herir al muchacho, que no había podido dormir más de tres horas. La sobremesa transcurrió en un penoso silencio.

Pagó la cuenta. Federico dijo que se quedaría allí otro rato, leyendo, mientras se acercaba la hora de clase. Entonces Alvar se levantó, y antes de decidirse a marcharse pasó el dorso de la mano por la mejilla de su hijo. No hacía eso desde que Federico era un niño de siete u ocho años. Cuando salió a la calle, vio que el sol persistía y los ojos debieron adecuarse a la nueva luz. Quizá fuera el resplandor lo que los humedeció de repente. Quizá fuera otro fuego, quemante, voraz, que le hacía doler en alguna parte.

17

Alvar estaba entrenado para no pensar en Silvia. Durante mucho tiempo, cada vez que un recuerdo suyo lo cogía por sorpresa, echaba tierra en él con determinación. Sin embargo, una imagen acababa de imponérsele, con una contundencia tan grande como su sencillez: Silvia abriéndole la puerta de su apartamento, vestida con unos *bluejeans,* un largo suéter rojo oscuro y una discreta sonrisa de complacencia.

La vida, pensaba a menudo Alvar, *no es más que una larga sucesión de hechos sin interés, un paisaje plano conformado por miles y miles de momentos aburridos, y vivir equivale, sobre todo, a sobreponerse al tedio.* En medio de su vida había aparecido Silvia, y con ella muchas cosas habían cambiado. Silvia había acabado, durante unos meses, por vencer su crónico aburrimiento.

¿De qué nos enamoramos? «Tan difícil querer a una persona como tú, y tan difícil no hacerlo», había dicho Silvia. *¿Es el amor el que carga de valor al otro,* se preguntó Alvar, *o simplemente nos enamoramos de la mirada enamorada que nos ilumina y nos embellece?* La mirada alelada de sus amantes, sin embargo, le había resultado siempre bastante desagradable, difícil de aceptar. *Es difícil soportar el amor de otros,* pensó. Le había pasado con Silvia, paradójicamente también con ella. Hoy, nueve años después, perfilada por el paso del tiempo,

Silvia era en su cabeza la suma de unos pocos rasgos que a casi nadie dirían algo y algunos recuerdos desperdigados, pero tan vivos y centelleantes como los pedazos de un espejo sobre el pavimento del mediodía: sus bonitas pantorrillas, sus ojos inteligentes, una risa sardónica, un talento desperdiciado en aquel agobiante trabajo de editora, y, como casi todas las mujeres, una inagotable capacidad de amar. También unas caricias que todavía evocaba en sus duermevelas. ¿Era Silvia un ser realmente especial, como creía entonces? Quizá. Durante aquellos años no había hecho nada por tener noticias suyas, y del vivo sentimiento de dolor que lo había acompañado durante meses, sobre todo mientras había persistido la dulce desesperación del deseo, apenas sí quedaba una sensación de serena desdicha.

En esa hora extraña, mientras caminaba hacia la setenta y dos, Alvar se preguntó si debería arrepentirse de su decisión de aquel entonces y de inmediato se contestó que uno no puede arrepentirse de lo que no tuvo opción. ¿Qué habría sido de su amor por Silvia, que en aquellos días le quitaba la concentración y lo abismaba a la más dolorosa intensidad, si hubiera sucumbido al duro deseo de durar? Triste, lamentable decadencia, tedio, incomodidad, leve opresión insoportable como la del zapato que se estrena; o, en el mejor de los casos, una compañía por ratos —jamás habría vivido con ella, de eso estaba seguro— una esperanza de solidaridad o de conversaciones apagadas. «Enamorarse no es nada, permanecer juntos es lo difícil», escribió Cèline. Pero Silvia no había entendido jamás esa argumentación. Estaba demasiado viva y llena aún de salud y dinamismo para entender la naturaleza y el sentido de aquel sacrificio.

Tomó un taxi y dio la dirección del albergue. El chofer bajó por la cien, tomó la avenida a Suba, torció a la derecha y se metió por unas callecitas sin asfaltar que de repente abrían la perspectiva de un mundo semirural insospechado. Casitas ladeadas, circuidas de alambradas que protegían huertas, gallineros, alguna tienda con cancha de tejo, parecían apenas sostenerse al borde de una inexistente acera, con unos extensos pastizales de fondo. Todo estaba tan silencioso, tan extrañamente tenso en aquel miércoles luminoso, que cualquiera habría pensado en una tarde de domingo, y como en una tarde de domingo se sintió Alvar, sobrecogido y desasosegado y abrumado por el sol implacable, por una repentina conciencia de vacío.

El carro se detuvo frente a una puerta de hierro empotrada en un muro de ladrillo, detrás del cual sobresalían las copas de largos árboles. Timbró. Se oyó ladrar un perro, pero nadie vino a abrir. Insistió. Alguien manipulaba ahora el candado, quitaba el pasador, entreabría la puerta. Un hombre de overol gris asomó la cabeza mientras agarraba fuertemente de la correa al perro, un pastor alemán negro. Era el mismo guarda de siempre, un hombre de ojos caídos y frente estrecha, que lo saludó con amabilidad y lo hizo pasar después de llamar por un radio portátil. Alvar atravesó el enorme jardín por el caminito de tierra sombreado por las enormes acacias. A la izquierda un jardinero regaba las plantas con una manguera mientras los patos permanecían silenciosos a la orilla del estanque, o nadaban plácidamente en sus aguas. Del otro lado, algunos ancianos paseaban por el prado, en parejas o individualmente. Alvar sintió unas vagas náuseas, una confusa emoción. Un pensamiento cruzó por su cabeza: lo que se aprestaba a hacer lo redimía, hasta cierto punto, del egoísmo mortal que había sido su vida, que ahora se le presentaba como una larga cadena de renuncias, traiciones, abandonos.

La mujer vestida de blanco que salió a recibirlo le expresó su extrañeza de que hubiera vuelto tan pronto. Solía suceder, dijo, bajando la voz, que las visitas a los viejos se fueran espaciando o se limitaran a unos cuantos minutos semanales de algún pariente culposo. En cuanto a Marcel, por fortuna, lo tenía a él que estaba siempre pendiente, pero las cosas no parecían mejorar en absoluto —lo sentía tanto— antes bien, ahora sufría el viejo con unas llagas en la espalda y escoriaciones en los glúteos, y los ratos de lucidez eran cada vez menos y bastante dolorosos, pues en ocasiones preguntaba por su hija, asegurando que en la última llamada ella había dicho que vendría pronto, o sufriendo repentinos ataques de cólera, mientras acusaba a las enfermeras de no dejarla pasar hasta la habitación.

Ya en el cuarto, Alvar tuvo la impresión de que al olor de los medicamentos mezclado con el de las flores, esta vez un ramo de crisantemos graciosamente colocados en un florero sobre el *chiffonnier*, se mezclaba un tercer olor, parecido al del sudor de los caballos que tanto conociera en su infancia. Todo en la habitación, por otra parte, demostraba cuidado y esmero: los tapetes, humildes pero limpios, la cama, impecable, con sus sábanas almidonadas y las acogedoras cobijas de lana virgen a rayas. En la mesa que hacía las veces de escritorio, donde estaba el computador de Marcel, probablemente sin uso desde su llegada, se veía una pequeña pila de libros, el primero de ellos *Errata*, de George Steiner, con apariencia de no haber sido leído. Sobre el televisor había una fotografía, la única visible en la habitación, que mostraba a un hombre de nariz afilada y gafas de aro dorado; alguna vez Marcel le había dicho a Alvar que aquélla era la fotografía de su padre, un médico polaco muerto durante la guerra. De la madre, le había confesado con pesar, no guardaba ninguna imagen.

Allí, en aquel lugar austero pero no exento de elegancia, que justificaba las mensualidades que rigurosamente enviaba su hija y que Alvar consignaba con toda puntualidad, Marcel se consumía lenta y tenazmente. Al verlo allí adormecido, recostado sobre sus almohadas, con el escaso pelo pegado a la cabeza y la piel de un color cobrizo que se hacía dramático entre la pijama de rayas azules, Alvar pensó que se parecía a alguien, pero no supo precisar a quién. La persona que lo cuidaba se retiró prudentemente al ver que entraba el recién llegado, mientras la mujer de blanco se acercaba a la cama con toda determinación. Con esa suave desenvoltura que suelen tener las enfermeras, dueñas y señoras de sus pequeños territorios, y usando aquellos melosos diminutivos que pretenden hacerle creer al enfermo que se le habla desde el afecto, la mujer trató de que Marcel —abuelo lo llamaba, abuelito— tomara conciencia de la presencia de su amigo.

Aquellas palabras desenfadadas tuvieron en Alvar un efecto irritante. ¿Qué autorizaba a esta señora a llamar abuelo a un hombre que no conocía, respetable, mordaz hasta hacía tan poco, convirtiéndolo, con el epíteto, en un inofensivo viejito digno de lástima? En vano se dijo de inmediato que, por desgracia, aquello era ahora cierto, que Marcel había perdido toda su prestancia y su fuerza, y que aquella mujer sólo conocía esta versión desmejorada del hombre carismático que había sido. Permaneció alejado de la cama, a la espera de que la jefe de enfermeras se alejara de allí, cosa que hizo pronto, tal vez motivada por su frialdad o simplemente porque la llamaban sus deberes. Entonces se sentó en la silla del visitante, que acercó hasta el borde de la cama y saludó a Marcel apretándole la mano. Éste le dirigió una sonrisa cansada, casi una mueca. Alvar le preguntó cómo se sentía, aún intuyendo que estaba en uno de esos días en que predominaba en su amigo cierta oscuridad de la conciencia. Marcel permaneció en silencio unos minutos, como dándose fuerza y luego, en un susurro casi inaudible, mientras la saliva se depositaba sobre sus labios resecos, dijo, señalando su vientre, «mal Uroboros, mal».

Alvar maldijo haber encontrado a Marcel con plena conciencia, cuando últimamente lo había visto en estado de aletargamiento. Y sin embargo, como obedeciendo una orden ineludible, y sin decir una sola palabra, le mostró la bolsita plástica que sacó del bolsillo interior de su chaqueta, con una mano que había empezado ya a temblar ligeramente. Marcel recibió la bolsa, la palpó, la apretó entre sus dedos durante unos minutos, con los ojos cerrados. Luego preguntó, con voz perfectamente inteligible, si le darían náuseas. *Confiemos en que no*, dijo Alvar en voz baja.

Entonces Marcel dijo «procedamos», y alargó la bolsa a Alvar. Pero éste permaneció quieto, con las manos repentinamente muertas sobre las rodillas, como si todo su impulso se hubiera detenido allí, sintiendo los violentos latidos de su corazón. El enfermo hizo entonces un gesto con la barbilla, como instándolo a moverse. «No he comido nada, Uroboros», susurró, «será rápido». Y como todavía su amigo no se movía de su sitio, Marcel, con voz ligeramente irritada, le ordenó: «¡Apúrese!»

El Marcel áspero que así hablaba le era desconocido a Alvar. Eso mismo hizo que se levantara de inmediato y fuera hasta la puerta de la habitación: era la última en un pequeño *mezzanine*, y el corredor se veía vacío. Pensó si sería mejor cerrarla, pero se arrepintió. Fue hasta el baño, disolvió las sales de cianuro en un vaso, tomó la toalla de mano, sin saber muy bien por qué, y volvió al lado de la cama. Encontró que Marcel había cerrado de nuevo los ojos y parecía dormir, de modo que se sentó en la silla, con el vaso en la mano, y esperó. De repente, sin embargo, tuvo miedo de que entrara la enfermera. No tenía por qué ser así, pues casi nunca lo interrumpían en sus visitas, pero se apresuró a susurrar el nombre de Marcel a su oído. El anciano se incorporó con su ayuda y bebió toda el agua, que tenía un olor vago a almendras amargas. Cuando terminó de beberla sus ojos se encontraron con los de Alvar, y anclaron en ellos por unos minutos antes de cerrarlos con fuerza. Alvar depositó su cabeza sobre la almohada, con mucho cuidado, y mientras lo hacía sintió espasmos en sus muslos, en sus pantorrillas. Un hilo de sudor le corría por la espalda. Entonces Marcel, que permanecía con los ojos apretados, petrificado en su gesto, abrió la boca, como si fuera a gritar; pero de ella no salió nada, ni un susurro; luego su semblante se distendió, y la mandíbula quedó colgando levemente, de modo que la boca entreabierta dejaba ver sus dientes. Enseguida vino una pequeña convulsión y luego otra y otra. Lanzó entonces un leve quejido, y su cuerpo se quedó quieto.

Alvar sabía que antes de que Marcel muriera podían pasar entre quince minutos y cuatro horas. Estuvo allí unos minutos más, sintiendo que el corazón le latía de manera apresurada, que un leve vértigo lo amenazaba. Miró el reloj, con la sensación oprimente de un hombre al que falta mucho para salir de un encierro: tres y cuarenta y siete. Entonces se acercó al oído de Marcel y dijo cinco palabras que quizá él ya no oiría. Su amigo permaneció impasible. Acarició la frente del anciano, como haría un padre con un niño con fiebre, le pasó la mano por el pelo, áspero, rijoso y apretó su brazo todavía tibio. Una emoción inmanejable hizo que estallara en unos breves sollozos. Fue al baño, puso la toalla en su sitio, lavó el vaso tan bien como pudo, cogió el sobre de manila que había puesto al entrar a los pies de la cama, dio media vuelta y salió, sin mirar atrás.

Cuando atravesó de nuevo el jardín vio a la jefe de enfermeras repartiendo café entre los viejos con un azafate en las manos. Le hizo un saludo con la mano, y desvió la cara para que no viera la palidez que sin duda tenía. Al salir, acarició la cabeza del perro y se negó a que el portero le pidiera un taxi. En ese momento recordó a quién se le había parecido Marcel: a Pablo Picasso, en sus últimos años.

18

Hacía más de diez años que no conversaba con Juan Vila, y me sorprendió lo mucho que el tiempo lo había deslucido. Nunca había sido muy buen mozo, pero cierta infantilidad de los rasgos y un cuerpo frágil le habían dado en su juventud un aspecto gracioso, casi bello. De todo eso tan sólo quedaba la blancura de su sonrisa generosa y la vivacidad de los ojos, empequeñecidos por sus lentes de aumento. Había engordado, un tono rubicundo le subía del cuello a las mejillas y su pelo ralo y desteñido me hizo pensar en el personaje macabro de *La casa Usher*. Tenía, sin embargo, quizá por sabia compensación divina, una simpatía desbordante.

Algo muy somero sobre las razones que me llevaban a citarlo le había adelantado ya, pero durante más de media hora estuvimos indagando por nuestras vidas y hasta haciendo remembranzas de otras épocas. Durante los años que no nos vimos me había seguido la pista de lejos, como yo a él, y bastó aquel intercambio mínimo para recuperar el tono y la camaradería de otros días. No me quedó difícil, después de un rato, hablarle de Alvar.

Soslayé, por supuesto, todo dato que pudiera hacerle pensar en una relación amorosa; le expliqué, simplemente, que conocía bien sus artículos y que me interesaba publicar la obra que se rumoraba estaba escribiendo hacía muchos años.

Mi propuesta le pareció a Juan no sólo muy normal sino muy justa. Estaba seguro, me dijo, de que esa obra existía, pues Alvar le había comunicado en ocasiones sus incertidumbres, y más de una vez había discutido con él sobre temas muy concretos. Creía, además, que aquel libro interesaría a mucha gente, pues Alvar se había propuesto una reflexión que se salía del ámbito puramente estético para meterse en los vericuetos de la ética y la responsabilidad del arte en estos tiempos. En las poquísimas páginas que alguna vez leyera, añadió Juan, había una gran belleza, un manejo del lenguaje que tenía la precisión de la poesía o de las matemáticas.

Aquel escrito, conjeturó, debía encerrar lo más importante de su pensamiento, ser el complemento y verdadera culminación de sus escritos anteriores, breves, sugestivos, brillantes, pero sin duda inconclusos. ¿Cómo se explicaba, le pregunté, que Alvar, ese hombre brillante que había producido tres escritos sorprendentes en el lapso de ocho años se silenciara luego durante veinticinco? Tal vez por soberbia, dijo Juan, tal vez por todo lo contrario, por inseguridad, o por una conciencia extrema de lo fútil de todo intento de comunicar un hallazgo; la verdad era que Alvar se había ido enconchando, aislando, y muchos meses antes de su muerte había renunciado a esas conversaciones que tanto habían disfrutado los dos en otro tiempo. Ciertos colegas suyos opinaban que en los últimos años había perdido todo sentido de la realidad y que su lenguaje, cada vez más hermético, era el producto casi enfermizo de un saber desasido del mundo; otros, que no era sino el reflejo de una cierta locura, o quizá la prueba reina de que durante años había engañado a muchos y simplemente era un simulador, un farsante. Él mismo, debía confesármelo, había quedado herido por un silencio y un desdén final que no creía haber merecido. Ahora, a la luz de su muerte, Alvar lo conmovía. Años y años de inmersión apasionada en el pensamiento humanista sólo lo habían arrastrado, pensaba Juan, a una paulatina deshumanización. A los ojos de Alvar todo era susceptible de convertirse en pantomima, en parodia. Sin duda se había resistido durante años a una desesperación total, pero su autocrítica implacable le había impedido salvarse.

Pensé que si aquellas palabras hubieran sido oídas por mí nueve años antes quizá me habrían ahorrado muchas penas. Le pregunté entonces qué debía hacer para tener acceso a los originales del material inédito y Juan se ofreció a hablar con Irene, la viuda. Él vencería los temores de esta mujer que lo había amado siempre y lo había temido y venerado a la vez y que querría el mejor destino para su obra. Luego de allanar el camino nos veríamos los tres. Y él mismo me ayudaría, en caso de que todo anduviera bien, a ordenar los materiales, a disipar dudas.

Una esposa no es nunca una verdadera rival para una amante. Por fuerte que sea el vínculo matrimonial, ésta última experimenta siempre una sensación de superioridad, sensación que no logra ser vencida por el hecho, más o menos corriente, de que el hombre indeciso vuelva al hogar, muchas veces acontecido y culpabilizado. Sin embargo, para mí aquella mujer cuyo nombre no había llegado nunca a pronunciar no estaba asociada a ninguna victoria: era más bien un enigma, una suma de referencias imprecisas que me habían hecho preguntarme con frecuencia en dónde residía su fuerza.

Aunque ella había querido que nos viéramos en su casa, yo me las había ingeniado para no entrar en aquel ámbito doméstico donde vería, inevitablemente, a un Alvar en situación, plegado a las rutinas en medio de unas lámparas, unas cortinas, unos cuadros, que me revelarían sus gustos compartidos. Nos encontramos, pues, en la oficina de Juan, espacio neutro que me permitía una comunicación sin mayores sobresaltos.

Cuando vi de cerca a Irene, bajo la luz implacable de las lámparas, me impresionaron menos las prematuras arrugas que la hacían ver diez años mayor, que el brillo hiriente de sus ojos verdosos. Aún cuando sonreía, su mirada conservaba un resto de dureza que no se rendía a ningún pacto, pero que más que agresividad manifiesta delataba una derrota asumida. Su voz era dulce pero firme, y lo que dijo aquella tarde en casa de Vila me hizo ver que tenía seguridad y temple. Confesó que hacía muchos años que no compartía con Alvar ni una sola palabra acerca de sus ensayos, de los cuales él rehuía hablar, pero estaba segura de que habría dejado muchas cosas escritas, pues sus jornadas de trabajo eran tan largas y extenuantes que no podían explicarse tan sólo como trabajo académico. Le parecía que, de estar vivo Alvar, se alegraría de publicar en la editorial, que tenía en alta estima, de modo que pondría a mi disposición y la de Juan todos los papeles de su marido, pues, sentía decirlo, no estaba ella en condiciones de asumir esa tarea y ni siquiera lo deseaba. Si yo quería, ella ayudaría en las tareas finales de corrección de pruebas y de afinamientos formales. Al día siguiente podríamos vernos en el edificio donde quedaba el estudio de su marido, en el que ella apenas sí había entrado una vez después de su muerte, y donde con echar un vistazo se había dado cuenta de lo que significaba la tarea de poner orden en todo aquello.

Tantos años habían pasado, y sin embargo debí controlar un ligero nerviosismo, y, diré la verdad, una secreta vergüenza. Quizá por esto mismo fui directa y más bien lacónica, limitándome a la mera cortesía. Cuando, al despedirse, Irene me estrechó la mano mientras me miraba a los ojos, sentí que me ruborizaba. Una leve sensación de vértigo me atormentaba ya: al día siguiente entraría al sitio donde Alvar y yo habíamos pasado tantas horas inolvidables. Y donde debían reposar, con su carga desesperada de pasión, las muchas cartas que noche a noche escribí para compensar el doloroso vacío de su cuerpo.

19

Mientras Alvar empezaba a desandar el camino polvoroso que lo llevaba a la avenida Suba tuvo la sensación de estar metido en un sueño: el kikirikí de un gallo que extraviaba las horas, una mujer cantando mientras extendía ropas en un patio, la luz ya opaca del atardecer haciendo verdecer los árboles a los lados del camino, y él en medio de ese paisaje semirural, una figura disonante, con su chaqueta de pana, sus gafas de aros muy delgados, los finos zapatos llenos de tierra. De una sola cosa tenía plena conciencia: de haber comenzado un proceso irreversible. Su mente entrenada para ese tipo de asociaciones recordó la frase de un cuento de Borges: «La primera letra del nombre ha sido articulada». Caminó diez, quince minutos, sintiéndose ligeramente ebrio a pesar de no haber tomado ningún licor. Comenzó a sentir retortijones en el vientre. En su mente, una excitación que se mezclaba en forma oscura con el más sombrío de los ánimos impedía que las imágenes se concretaran. Una especie de *collage* cuyas piezas giraban de manera vertiginosa —un rostro, el ángulo de una ventana, las caderas de la mujer de blanco, el hocico del perro pastor— parecía diagnosticar que el mecanismo sereno de la memoria se había descompuesto.

Por la avenida las flotas y los automóviles pasaban veloces en dirección norte, dejando una estela de esmog insoportable. Grupos de obreros se subían y bajaban de los buses con sus maletines terciados y las cabezas mojadas y peinadas. Alvar debía parecer un extranjero perdido, víctima quién sabe de qué violencia, sudoroso y pálido como iba. Una pequeña tienda maltrecha apareció unas cuadras más adelante. Ristras de chorizos colgaban de una viga de madera, y una mujer joven asaba sobre la parrilla arepas y mazorcas. Unas cuantas mesas rústicas permanecían vacías. Por fortuna, pensó Alvar, no había música. Pidió algo de comer y una cerveza, y mientras le servían se dirigió al baño, donde sus tripas se vaciaron con alivio. Se lavó las manos, y echó agua en su cara, que se veía verdosa en el espejo rudimentario. Cuando volvió la comida ya estaba servida, y el olor le produjo un placer elemental, intenso. Pensó en los condenados a muerte, que suelen pedir como último deseo tomar su bebida favorita, comerse un buen bistec, fumarse un cigarrillo, dar un último estímulo a un cuerpo que a unas pocas horas de la muerte sigue estando poderosamente vivo. Sin embargo, apenas probó la comida sintió náuseas.

Mucho antes de morir, Marcel ya estaba muerto, pensó. Quizá esa idea fuera un torpe consuelo, pero le ayudaba a evocarlo ya enfermo, a menudo sometido a hospitalizaciones repentinas y cada vez más frecuentes, y en ocasiones con una mirada desvaída que parecía indicar ausencia de conocimiento. Sus últimas semanas habían sido un perpetuo alternar de la lucidez con el desvarío, un permanente regreso a las nebulosas de una memoria remota, que quizá comprendía la del pueblo polaco de la primera infancia, o la del barco cargado de emigrantes que sólo traían sus cubiertos de plata, sus álbumes de fotografías y sus abrigos de astracán, y que se sorprendían de estas tierras hirvientes donde unos muchachos morenos les arrojaban plátanos a cambio de monedas. Ya adulto Marcel había querido aprender el polaco quizá para hacer un homenaje al padre que había muerto todavía joven, dejándolo al cuidado de unas tías que no se habían preocupado por enseñarle la lengua, y lo había logrado hasta cierto punto, pues tenía enorme facilidad para los idiomas.

Unos meses antes, ya como habitante de aquel lugar que él mismo encontraba bastante siniestro a pesar de su decoro, porque siniestro, había dicho, es cualquier lugar donde los viejos se arraciman a esperar la muerte, y donde cada vahído, cada lapsus, cada grito dado en sueños es un anticipo de la muerte; seis meses antes, pues, Marcel había pedido a Alvar, con voz serena pero casi inaudible, que llegado el momento en que la esclerosis comenzara a perturbar su mente «lo salvara de los oprobios de la decrepitud», así había dicho, no otra cosa, que cuando viera que ya no podía ser autosuficiente y sobre todo, cuando viera que los vacíos mentales que empezaba a sufrir se hicieran cada vez más prolongados, «lo salvara, por favor, de los oprobios de la decrepitud». Alvar había tratado de bromear, pero esa vez Marcel no había compartido su humor, y con determinación le había confiado que la depresión comenzaba a hacer estragos en él, que sus noches eran infernales, que lo agobiaba el dolor «y a menudo, Uroboros, la desazón y la angustia y el deseo cada vez más apremiante de que todo termine, aunque sé que mientras tenga suficiente lucidez no tendré el valor de hacerlo yo mismo, como quisiera». Después de aquellas palabras descarnadas Alvar había protestado, por qué le pedía algo así, eso no era justo con él, pues era algo que ni siquiera podía saber si sería capaz de llevar a cabo, argumentos que Marcel había aceptado; era cierto, «eso» no se le podía pedir a nadie, ni siquiera al mejor de los amigos, porque quería aclararle a Alvar que él era no sólo su mejor amigo, sino el único a quien se habría atrevido a hacerle aquella petición, pero se la hacía y él estaba en libertad de cumplir o no cumplir, por supuesto, no faltaba más.

Como el viejo se quedara mirándolo, con una sonrisa entre amarga e irónica, Alvar, siguiendo un impulso, le había estrechado las manos mientras asentía, una vez tan sólo y bajando los ojos, como si lo anonadara aquel pacto o lo consumiera una repentina vergüenza. «Algo rápido, Alvar querido, algo fulminante, que no cause dolor».

Le había costado un tanto asimilar la idea, que venía desde entonces de tanto en tanto a su cabeza, imaginarse a sí mismo cumpliendo la misión que Marcel le encomendara. Se preguntaba de qué es capaz un ser humano, y él, concretamente, de qué era capaz, y deseaba en secreto que Marcel tuviera una muerte pronta y dulce, o al menos serena y sin demasiada conciencia, que lo exonerara de su responsabilidad. Pero cuando sus visitas al hogar de ancianos le hicieron ver que no sólo el deterioro físico de su amigo se hacía cada vez mayor, sino que ya presentaba también síntomas de abierto desajuste mental, empezó a sentir que estaba abocado a cumplir su promesa. Así que apro-

vechó una visita a su médico, a quién conocía hacía muchos años, y con el que tenía largas conversaciones sobre literatura, pues como muchos médicos era un lector curioso, con veleidades creativas,
para preguntarle, en forma directa y sin preámbulos, cuál era la mejor manera de proceder y qué pro-
babilidades había de agenciarse los medios para
una eutanasia, eludiendo, por supuesto, una ley
que no sabría de atenuantes ni de sentido común.

Su médico se había quedado mirándolo con
algún desconcierto y enseguida había indagado sobre la finalidad de aquella pregunta, a lo que Alvar,
con su incapacidad casi total de mentir, había
contestado contando la pequeña historia de Marcel, su deber adquirido, su convicción sobre el derecho que cada uno tiene de escoger el momento
y la manera como quiere morir. Saber algo al respecto, sí sabía, había dicho el médico, veinte cen-
tímetros cúbicos de solución de cloruro de pota-
sio en el suero, una dosis de pentotal, la consabida
sobredosis de barbitúricos. Pero lo más fácil, lo más
sencillo, era el cianuro, doscientos o trescientos mi-
ligramos disueltos en agua, la conciencia se pierde
en menos de cinco minutos y la muerte llega en un
poco más de tres horas. No era tan difícil de con-
seguir, pues sus sales se usan en galvanización o mi-
nería, y aunque hay controles, éstos, como toda
prohibición en este país, se los puede uno saltar,
si se da mañas. Eso sí, había dicho con voz reposa-
da, piénselo muy bien, amigo, no tanto por los pe-
ligros con la justicia, que de todos modos no son
nada desdeñables, sino por lo que pueda pasar en
su propia conciencia. Uno nunca sabe qué angus-
tias pueden sobrevenir después de un acto de tal
magnitud.

Hacía ya casi tres meses que una llamada del hospital lo había sorprendido a media tarde de un domingo. Por un momento había tenido la esperanza silenciosa de que Marcel hubiera muerto y lo llamaran para informarle. Pero no era así. La persona que llamaba, una mujer de timbre grave, tal vez una enfermera, o, aunque menos probable, una de las internas del hogar de ancianos, le anunció que Marcel quería hablarle. La voz del enfermo sonaba menos débil de lo previsible, y la conversación, aunque breve, fue perfectamente coherente y fluida. Las palabras de Marcel parecían no dejar duda; estaban llenas de esa lucidez que de repente volvía a él iluminando su desgraciado estado: «esto es tedioso, insoportable» —se había quejado con una voz sucia, incomprensible por momentos—, «además de que me repugna ver por la ventana estos viejos que recorren los jardines sin meta ninguna, matando el tiempo, como si no fuera el tiempo el que los estuviera ya matando, a ellos y a mí, y a usted también, mi querido amigo; aquí corre el tiempo muy despacio, y en mi mente más despacio todavía, las ideas vienen a mí muy despacio y eso me altera, me cansa, así que no se olvide de mí, gran Uroboros, de su amigo, de "mis peticiones", a eso lo estoy llamando con mis pocas fuerzas, usted es el único que puede acordarse de mí». Enseguida se había hecho un silencio, un horrible silencio que Alvar había roto de manera torpe, casi con balbuceos: le costaba volver a comunicarse con Marcel, acostumbrado como estaba en los últimos tiempos a ver en él tan sólo un viejo ensimismado, perdido en las nebulosas. Había quedado incómodo, casi rabioso, vacilante, preguntándose otra vez si era justo que alguien le pidiera tanto, aunque ese alguien fuera casi su padre, su amigo, el hermano que nunca tuvo. Su primera reacción había sido la de protegerse, no volvería al refugio, haría de cuenta que Marcel ya estaba muerto, al fin y al cabo sus momentos de conciencia eran escasos, y su muerte no estaría muy lejana. Pero luego había empezado su cabeza a darle vueltas a la idea, sin poder eludirla, entre otras cosas porque había venido a mezclarse con sus propios asuntos, que tomaban también un rumbo muy particular. Dos veces había ido a ver al viejo con aquella bolsita en el bolsillo, y dos veces lo había vencido la cobardía, quién era él para tomar estas determinaciones, se decía, quién podía comprometerlo de ese modo, y volvía a su casa sombrío y enojado y sin reposo, porque una fuerza interna parecía dispuesta a no ceder a sus raciocinios, a empujarlo una y otra vez al convencimiento de que debía cumplir con un deber, liberar a Marcel de lo que él mismo no podía librarse. Por momentos había casi enfermado víctima de la obsesión, por momentos se había llegado a preguntar qué pulsiones asesinas habría de verdad en él, que jamás había pasado de bromear sobre las ganas de matar que en este país a veces nos asaltan, o si no era su propio deseo de muerte lo que afloraba en aquel darle vueltas a una sola idea.

Ahora, sentado en aquel lugar desapacible, al que jamás habría entrado en otras circunstancias, Alvar comenzó a reconstruir los hechos, de repente distanciado de ellos, viéndolos como quien recuerda escenas de una película. Vio mentalmente la última mirada de Marcel, llena de una certeza serena, y la boca abriéndose en un gesto inexplicable, tal vez de miedo o de dolor o simplemente reflejo, y recordó la orden exasperada, ¡apúrese!, el gesto impaciente de la barbilla, la mano temblorosa rozando la suya al recibir la bolsa. No había en estos recuerdos conmoción ni dolor, sino esa tremenda insensibilidad que a veces lo asaltaba asqueándolo de sí mismo. El atardecer había puesto en el cielo hermosos arreboles y una luna temprana asomaba ya, con un brillo lechoso.

Alvar pagó, salió, empezó de nuevo a caminar hacia el sur. Como salido de la nada un hombre gordo y panzón, de barba rala y ojos muy azules, metido en un saco de paño que le quedaba grande, le extendió un vaso de plástico. Alvar se dio cuenta de que no llevaba zapatos, y abstraído como iba se quedó mirando sus pies, regordetes y sucios, con uñas de dinosaurio. Cuando sus ojos se cruzaron, el mendigo le anunció, con una sonrisa juguetona, que ese mismo día estaba cumpliendo sesenta años. En otra circunstancia Alvar simplemente habría seguido de largo, sin hacer el más mínimo gesto, como tantos bogotanos hostigados y desensibilizados por el asedio de la miseria. Pero esta vez un impulso extraño lo hizo entablar una conversación con aquel hombrecito de ojos chispeantes y dientes envejecidos, que suscitaba en él una repentina simpatía. Así que, a partir de aquel dato del cumpleaños, Alvar hizo una serie de bromas que el mendigo contestó en el mismo tono, burlón, autoparódico y descarnado. Caminaron juntos, lentamente, como si se conocieran desde siempre. El hombre era dicharachero, gracioso, y trataba de impresionar a su interlocutor con su charla desenvuelta. Una cuadra más adelante ya el sujeto hilaba una historia con ribetes fabulosos, que empezaba en un trasatlántico de turismo de lujo, el Marion, para ser más exactos, donde él había trabajado siendo muy joven como mesero, con unas rutinas definidas con un rigor militar, a las cuatro debían estar levantados, a las cuatro y medio bañados y vestidos, lo cual resultaba difícil pues eran tres en un camarote estrecho y todos los días se peleaban por el retrete, el espejo, la ducha, porque a las cuatro y cuarenta y cinco los esperaban en cubierta, la cabeza engominada, los zapatos y las hebillas lustrados, las uñas impecables, la raya del pantalón sin ningún quiebre, «Qué ironía, no, doctor», decía mostrando su indumentaria, y la sonrisa lista para recibir a los ancianos millonarios y gotosos que empezaban a salir de sus habitaciones con deseos de novedades, ancianos que a veces morían en mitad de un viaje y que debían cremar en alta mar o llevar al próximo puerto para ser repatriados ahora como simples cadáveres con los bolsillos todavía llenos de billetes. De aquel oficio asfixiante había sido rescatado por una boliviana que vivía en París, y que viajaba con su padre en el crucero a Alaska, de modo que se habían ido a vivir a Paris, *je parle français, monsieur, and I speak english*, pero eso era otra historia, otro día se la contaría, ahora sólo pedía un billetico para tomarse una sopa o pagar la piecita de esa noche allá más arriba de El Rincón. Alvar abrió su billetera y sacó cuatro billetes de veinte, más de la mitad de lo que llevaba, ante los ojos desorbitados del mendigo. Al entregárselos sintió la piel rugosa de las manos, vio la mugre de sus uñas y sintió un estremecimiento.

Mientras el hombre se alejaba, alegre y parloteante como un borracho, Alvar se preguntó por qué aquel indigente le había resultado un ser tan cercano. ¿Qué lo había llevado a darle ese dinero? ¿Qué lo perturbaba en su mirada, en esa historia extravagante, pequeño fragmento de una vida que, de ser cierta, alguna vez tuvo brillo y sentido? ¿Hasta donde podía caer un ser humano? ¿Cuál era el límite? Vio venir un taxi, lo detuvo, dio la dirección de la oficina de correos en la que había estado esa misma mañana.

Cuando llegó, la empleada estaba ya cerrando las puertas de vidrio. Alvar leyó «Horario de atención: 8 a.m. a 6:30 p.m. Jornada continua», y miró su reloj. Eran las seis y veinte minutos. Sin decir palabra le mostró el sobre que llevaba en la mano, como indicándole que quería ponerlo al correo. La muchacha, de cara muy maquillada, esbozó entonces una sonrisa que parecía de enorme amabilidad y le explicó, con voz golpeada, que lo sentía mucho pero que ella ya se iba, que por favor volviera mañana. Alvar sintió que una oleada de calor le subía a la cabeza, con lo cual su cerebro, debilitado tal vez por el hambre, sufrió un pequeño mareo, un oscurecimiento repentino; conteniendo la rabia y sobreponiéndose al vértigo, le hizo ver que, de acuerdo con el aviso, aún no era hora de cerrar. La muchacha, sin mirarlo, reiteró su insinuación de volver al día siguiente, dio vuelta a la llave, y abrió su bolso para guardarla en él. Entonces Alvar, convertido en un energúmeno, tuvo una reacción tan veloz que fue más allá de su conciencia: levantó hasta la cara de la muchacha la mano libre, amenazante, y con voz casi estrangulada por la furia le ordenó que abriera la puerta. Ahora era ella la que temblaba, en este caso de pavor, y Alvar, parcialmente repuesto de su insensatez, temió que de un momento a otro empezara a gritar. Como unos pasos se acercaban por la acera desierta, comprendió que debía persistir en su demanda, pues si no corría el riesgo de un escándalo callejero que terminara con él (y era la segunda vez que este pensamiento pasaba hoy por su cabeza) en la comisaría. *Abra ya esa puerta* masculló, o *va a saber de mí*, dijo en voz muy baja, cercándola con sus brazos contra el vidrio, sin atreverse a pronunciar la grosería que pugnaba por salir al final de la frase, y asumiéndose ya, para poder ir hasta el final, como un delincuente. Alvar notó que aquella chica disminuida por las amenazas tenía la cara muy roja, pero con una extraña aureola blanca alrededor de los labios, y que la llave, movida nerviosamente, no encontraba la cerradura. Una, dos vueltas, y la puerta se abrió; la mujer se abalanzó entonces a prender la luz, y en mitad de la pequeña antesala quedaron enfrentados los dos, la víctima y su enemigo, mirándose a los ojos. «¿Qué quiere?», preguntó la boca brillante de lápiz labial, que contrastaba grotescamente con la cara empastelada, mientras el cuerpo se encogía ligeramente, como el de alguien que espera un fuerte golpe abdominal. *Poner esto al correo, ya*, dijo Alvar, estirando la mano con el sobre. La última palabra, que pronunció con todo el ímpetu, tuvo como efecto revelarle de golpe lo inconcebible de aquella escena, su comicidad y absurdo, y desvanecer casi su enojo. La muchacha fue hasta su ventanilla, llorando con un llanto silencioso, recogió el paquete, puso los sellos, recibió el dinero que Alvar le ofrecía y entregó el sobre de nuevo a su dueño. Alvar lo depositó en el buzón, dio media vuelta y salió, sin mirar atrás. *Qué tal que a la muy pérfida se le ocurra sacarlo con unas pinzas*, pensó, mientras caminaba despacio hasta su casa, con una semi sonrisa en la cara, más pálida que siempre en aquella hermosa noche de verano.

20

Alvar encendió la luz del vestíbulo y luego la de la cocina. Sobre el mesón vio un pedazo de carne cruda en una bandeja y una ensalada que la empleada había dispuesto para él. Abrió una lata de marañones, se sirvió un whisky, subió la escalera, y en el pequeño estudio de su mujer se dispuso a oír un poco de música. Escogió una pieza insólitamente alegre para su estado de ánimo, la *Sinfonía italiana* de Mendelssohn, y la escuchó entera, con los ojos cerrados. Allí, sentado en una poltrona de cuero, después de encender la luz muy tenue de la lámpara, se tomó un trago y comió directamente del tarro sintiendo que la sal le quemaba los labios. La semipenumbra, la dicha que irradiaba la música, lo devolvieron vagamente a sus días adolescentes de cusumbosolo ensimismado. Un rato más tarde bajó por la botella, se sirvió otro trago y puso a sonar el adagio del *Quinteto para cuerdas* de Schubert, dejándose llevar por su melancolía, por su serena tristeza. Schubert era un compositor al que recurría siempre que se sentía vencido por la desesperación o el escepticismo, siempre que necesitaba aliento para vivir, y no porque le infundiera a su ánimo alegría sino porque la belleza de su música lo estimulaba. Sus *Impromptu*, la *Melodie hungaroise*, el primer movimiento de la *Sinfonía inconclusa*, producían en su alma una exaltación que no lograba ninguna otra cosa en el mundo, excepto el amor.

Entonces, mientras se perdía en la música, una fantasía vino a él de manera tan poderosa que durante un buen tiempo perdió por completo conciencia de dónde se encontraba: imaginó que en algún lugar del planeta, en algún momento de su presente o de su futuro, tenía con Ramón la conversación que éste había intentado alguna vez y que Alvar había evadido. Su imaginación empezó a inventar situaciones, diálogos entrecortados y contradictorios. En unos Alvar reconocía el poder de la amistad sobre el amor, ese sentimiento mezquino y obnubilante; en otros contaba las amargas experiencias del matrimonio a la vez que reconocía su poder y su dominio; *en todos*, pensó, volviendo momentáneamente de sus ensoñaciones, *el Ramón que escuchaba, el que respondía con viejas palabras era un Ramón falso, perfectamente desconocido. ¿Por qué regresaba de un olvido de años, con esa vivacidad y fuerza? ¿Lo afectaba inconscientemente ese premio que le habían otorgado?* Cerró de nuevo los ojos y dejó que lo invadieran la música y los pensamientos, que vinieron atropellados, febriles, como en la madrugada.

Lo despertó el silencio. Cuando miró el reloj y vio que eran las diez comprendió que se había dormido. Se levantó, sintiéndose blando, algodonoso, extrañamente tranquilo para ser aquél el remate de un día endemoniado, doloroso, intenso. Fue hasta el baño y se echó agua en el pelo, en la cara, evitando mirarse en el espejo. Enseguida fue hasta el escritorio, buscó papel, escribió unas pocas palabras, y mientras lo hacía notó que su letra se veía diferente, más angulosa y dura que de costumbre. Puso la nota sobre la mesa de noche de su mujer, abrió el clóset y sacó un maletín de mano. Echó en él la media botella de whisky sobrante, ropa interior limpia, una camisa, dos o tres discos compactos que escogió de prisa. Cuando iba a salir de la habitación notó que en el contestador automático titilaba la luz indicando que había mensajes, y los oyó. Uno era de su hermana, un saludo breve, otro de Irene, que decía que había llegado bien y le recordaba que había torta de pan en la nevera, y otro estaba en la voz de un hombre que se identificaba como médico del hogar geriátrico y le pedía a Alvar que se comunicara prontamente con ellos. Apagó la luz de la cocina y abrió la puerta de la calle. En ese momento, como respondiendo a un impulso, subió de nuevo las escaleras, fue hasta la alcoba matrimonial, tomó el papel que había escrito, lo rompió y lo guardó en su bolsillo. Luego sacó el carro del garaje —la calle, llena de baches, había sido de nuevo habilitada— y se dirigió al norte por la avenida circunvalar.

La noche seguía espléndida aunque las temperaturas eran bajísimas: seis grados leyó en los anuncios de la salida de la ciudad. Alvar empezó a ascender por la carretera suavemente empinada y casi desierta, sorprendido por la insólita claridad del cielo, por la perfección casi abrumadora de la luna. Allá abajo Bogotá se extendía sin límites, unificada y abstracta, delicadamente esbozada por la red del alumbrado público. A lado y lado de la vía las casas humildes, los restaurantes, las discotecas que en los fines de semana ofrecen su música de estruendo a los bogotanos, que matan con la rumba el miedo y la desesperanza, mostraban sus fachadas muertas a medias: una luz en una ventana, unos hombres tomándose unas cervezas en una tienda, el sonido de un radio, unos amantes besándose de cara a la ciudad, marcaban la última huella de vida en un mundo que se entregaba al sueño. De vez en cuando una flota, un carro con luces plenas, un solitario ciclista pasaban en sentido contrario. Recorrió unos cincuenta kilómetros a velocidad moderada, él que siempre manejaba a velocidades muy altas, antes de virar a la derecha y entrar en una carreterita destapada y estrecha, por donde anduvo unos veinte minutos, cuidando de no meterse en los huecos que el invierno había agravado en las últimas semanas.

El silencio de la noche era espeso como la mente misma de Alvar, que no acababa de vaciarse de la catarata de imágenes fragmentadas que lo había acosado en las últimas horas. Con sorpresa vio que allá adelante, en el restaurante donde paraba a menudo a comer algo en las noches, había luz y también humo saliendo del buitrón, así que, sin saber muy bien porqué, pues no tenía hambre, estacionó su carro en el pequeño terraplén donde sólo se veía el viejo Skoda de la dueña. Aquel lugar llevaba allí muchos años y pertenecía a una mujer de edad mediana, de la que se rumoraba que alguna vez había estado en la cárcel por activismo político, viuda, según sabía Alvar, de un extranjero y madre de un muchacho enorme con pinta de marinero nórdico. A menudo Alvar entraba a aquel lugar a comerse una buena carne o a tomarse un vodka, e intercambiaba unas palabras con ella, breves conversaciones sobre las heladas, sobre los maestros albañiles de la región, o sobre las noticias de secuestros de vecinos que ocurrían de tanto en tanto. A diferencia de casi todas las mujeres, que al verlo delataban de inmediato con una sonrisa o una mirada ansiosa su encantamiento, la dueña del restaurante mostraba ante él una tersa indiferencia, una distancia afable, exenta de toda curiosidad, que espoleaba la vanidad de Alvar.

La puerta estaba ajustada, de modo que cedió fácilmente; en el interior de la cabaña la chimenea permanecía encendida pero no había nadie visible, así que Alvar se sentó en una mesa cercana al fuego y se dedicó a contemplarlo y a tratar de calentarse los pies, que tenía helados. La dueña no disimuló su sorpresa cuando, al salir del fondo de la casa, se encontró con aquella figura inesperada, pero con la amabilidad del caso saludó a su vecino, y le ofreció algo de beber, «sólo de beber», reiteró, porque la cocina ya estaba cerrada. Alvar pidió un whisky sin hielo y mientras la mujer lo servía detrás del mostrador iniciaron una conversación apacible y placentera, la de dos personas que tienen mucho tiempo y postergan una actividad futura que no los estimula.

Con aquella mujer Alvar no había conversado nunca de cosas que no fueran inmediatas y prácticas, salvo, alguna vez, y significativamente, sobre Bruce Chatwin —un autor tan desconocido para el común de la gente que le sorprendió que ella lo estuviera leyendo— pero había tenido, paradójicamente, conversaciones mentales como las que alguna vez tuviera con Shruti, la chica hindú de sus tiempos en Cambridge. Y era que la sonrisa dulce y reticente de aquella mujer y su manera firme de atender y vigilar que todo anduviera bien entre sus comensales le gustaban y le daban confianza, le permitían establecer un contacto visual y gestual que él sentía eficaz y significativo.

Como la dueña, tal vez en secreto contacto con estos pensamientos que ahora pasaban por la mente de Alvar, le contara que había descubierto otro libro del mismo autor, *Colina negra*, él se sintió autorizado a invitarla a beber algo, un whisky, por qué no, de modo que al poco rato ella salió de detrás del mesón y se sentó a su lado, mientras le pedía a Alvar autorización para quitarse los zapatos y las medias, le gustaba sentir el fuego calentando sus pies descalzos, dijo. Esa noche el negocio había estado flojo, comentó, los miércoles no eran nunca un buen día, pero estaba cansada porque había trabajado mucho en la huerta y luego había bajado a Bogotá a traer algunos insumos para el restaurante, porque al día siguiente empezaba el trabajo duro, la preparación de muchas cosas para que todo marchara bien en el fin de semana.

Aquel whisky debía ser el quinto o sexto de la noche, y Alvar, ya un poco ebrio, empezó a sentirse ligeramente excitado con la visión de aquellos pies desnudos como una confesión, blancos y óseos, admirablemente perfectos para alguien que no era ya una jovencita y que se descalzaba impúdicamente ante una persona tan poco conocida; el sonido de la voz de la mujer, que era suave y muy bajo, como el de quien teme despertar a alguien, no sólo avivaba el clima sensitivo sino que le hizo conjeturar a Alvar que una persona debía estar durmiendo detrás de la pared de madera, aunque no sabía bien quién podría ser; quizá su hijo, quizá alguna de sus cocineras. *Los pies son algo tan íntimo,* pensó Alvar, *que se necesita estar muy seguro de sí para mostrarlos a cualquiera.* La voz de la dueña, en todo caso, llegaba a su oído casi como un roce, erizándole la piel de la nuca, bajando por su espalda como una culebrilla. Luego fue Alvar el que habló, o mejor, fue la boca de Alvar la que empezó a modular palabras que venían de un lugar desconocido, lejano, cargadas de emociones que nunca había dejado salir, de preguntas que lo extrañaban después de haberlas hecho, de pequeñas historias que no contaba desde los tiempos aquellos de Silvia, en que había roto milagrosamente los diques y las cortapisas.

Algo debió brillar en la mirada de Alvar que hizo bajar los ojos a la dueña, que hablaba ahora de su matrimonio de diecisiete años antes de que su marido muriera en un accidente, y de su gusto por la naturaleza, del placer con que había visto crecer los pinos y los sietecueros que ella misma había sembrado con su mano, recién llegada a aquel lugar, cuando las cosas iban mejor que ahora, que todo había cambiado tanto; volvió a alzar los ojos hasta los ojos de Alvar deteniéndose en ellos de manera osada, sí, no eran buenos los tiempos ahora, reiteró, sosteniendo la mirada, ya no tenía el entusiasmo y la alegría de antes. Pero ya era la una y media, dijo, asustada tal vez de su gesto, y, por Dios, no era hora de estar conversando cuando al día siguiente debía madrugar sin falta.

De pronto Alvar vio, allí junto a la chimenea, el par de zapatos de la dueña, y los tomó entre dos dedos. Se desconoció de inmediato en aquella familiaridad, pero era como si una fuerza insensata lo llevara hacia delante.

—Siempre me han impresionado los zapatos vacíos —dijo.

La mujer sonrió, como celebrando lo absurdo de esa afirmación.

—Cuando mi hijo estaba chiquito, nada me enternecía más que ver sus zapatos solitarios al pie de la cama. Hay algo de muerte en unos zapatos vacíos.

—Sí —dijo la mujer, como esforzándose por seguir esa extraña conversación—. Esos zapatos que quedan en la calle después de los accidentes…

—Es como si el muerto se liberara. Los zapatos, viéndolo bien, son como cepos cotidianos. Usted hace bien en quitárselos. Aunque son extraños los pies…

La dueña encogió los dedos de los suyos. Sonreía vagamente, tal vez intimidada.

—Pero los suyos son bonitos. Yo… yo nací con los zapatos puestos. Es más, yo a menudo me siento todo como un gran zapato. Tal vez una bota militar…

La mujer lo miraba con aire intrigado. Alvar oyó el eco de sus últimas palabras en su cabeza y pensó que debía callarse. Quiso decir *no se asuste, no estoy loco*, pero no dijo nada. En cambió agregó:

—A veces sueño que voy caminando descalzo. Voy por la calle, perfectamente vestido, y descalzo. La sensación es placentera y aterradora a la vez.

—Lo entiendo —dijo la mujer—. Sé bien qué quiere decir.

—La estoy cansando. Ya me voy —dijo Alvar, sin moverse.

—No, no se vaya —dijo la dueña, con voz muy baja, acercando la boca a su oído.

Alvar vio entonces cómo su mano se alzaba, iba hasta el mentón de la dueña y levantaba suavemente la cara para poder darle un beso, primero en los labios cerrados y luego en los párpados, en la mejilla, en la boca, ya abierta, desatando de una vez por todas el deseo que evidentemente los oprimía y que los lanzó al suelo frente a la chimenea, sobre la descarrilada alfombrilla llena de tizne, donde se amaron con la simplicidad y pasión de dos adolescentes que descubren el sexo.

Un rato más tarde, mientras se vestía, Alvar advirtió en la cara de la mujer, encendida todavía después del deseo, una belleza nueva. Cuando ella comenzó a balbucear unas tímidas palabras, él le pidió que no hablara, poniéndole la mano en los labios. La dueña lo acompañó entonces hasta la puerta, le dio un pequeño beso de despedida, y le dijo al oído:

—Necesito una palabra.

En cuestión de un instante, Alvar entendió lo que no había entendido bien en las últimas semanas: estaba harto de las palabras. Eso había sido su vida: un trajinar con las palabras, buscando la precisa, la verdadera, las más hermosas y significativas. Ellas habían terminado por invadirlo, por sofocarlo, por hastiarlo, por suplantarlo. Las palabras lo habían traicionado y él a las palabras. Sus últimos días, en medio de su cacareo, lo que había estando tratando de hacer era volver al silencio.

Le dio a la mujer un beso superficial en la frente, se dio la vuelta y abrió su carro. La luna se había ocultado detrás de las nubes y sólo se oía el croar de las ranas.

21

El placer de escribir cartas no era nuevo para mí, pues encontré muy pronto en ellas un sustituto de la literatura que siempre quise hacer y nunca logré, vencida por el miedo a la dificultad y al fracaso, que terminaron conmigo en una oficina editorial, donde paliaba la frustración final tratando de encontrar en otros el talento y la capacidad de riesgo que por lo visto yo no tenía. Era, pues, una escritora de cartas más bien constante, de modo que cuando mis amigos lejanos volvían al país encontraban una persona todavía cercana, de cuyo pensamiento y vida conocían suficiente. Fue con Alvar, sin embargo, que el género epistolar se convirtió en mi vida en un arte y una pasión, en una verdadera muleta en la que me apoyaba para no derrumbarme, para, como ya dije, sobrevivir a la pena. Todo empezaba como una chispa, como una pequeña idea que no surgía del cerebro sino del corazón oprimido y necesitado, y que, ante la imposibilidad de convertirse en acción, se resignaba a ser palabra. Palabra soñada y repetida y repensada en cada instante de vacío, en cada pausa de la rutina, y almacenada como maná en tiempos de escasez hasta que pedía urgentemente hacerse visible, palpable. Durante meses escribí, pues, cartas destinadas a Alvar, que no pretendían ser ni recreación enfermiza de las dichas de la memoria ni testimonio morboso de mis desgarramientos, sino páginas livianas, capaces por momentos de belleza y de humor, actos de presencia inocentes y desinteresados que simple y sencillamente me hicieran parte tangencial de su vida.

Como una adolescente perturbada por el amor, o como una mujer de otro siglo, escribía, pulía, borraba, escogía papeles y tintas y luego recorría las cuatro cuadras que me separaban del correo con el corazón en vilo, enamorada de mi amor y de mi juego, que no terminaba ahí sino algunas horas después, cuando imaginaba la carta en sus manos, y la repasaba en mi memoria y medía los efectos de cada una de sus palabras. Y mientras éstas se borraban dentro de mí, surgían otras, nuevas, impacientes, que iban cuajando en días, en semanas, antes de ser un texto acabado que me llevara de nuevo hasta el Alvar de carne y hueso que laceraba mis noches.

Mientras subía en el ascensor al estudio donde tantas veces estuve con él, pensaba en esas cartas, y el corazón me latía de manera tan alocada que debí hacer un esfuerzo supremo para que no me delataran ante Irene y Juan Vila las emociones que casi me ahogaban. Yo misma me había metido en aquella trampa, pensé, yo misma me exponía a que la esposa las encontrara en mi presencia, propiciando la humillación y el ridículo.

Lo primero que me impactó al entrar fue la desolación reinante, que provenía sin duda de los muchos anaqueles desiertos, los cuales me hicieron recordar que Alvar se había desprendido de su biblioteca unos meses antes. Y enseguida, la voz con que me hablaron aquellos objetos que mis ojos reconocían después de tantos años. La vieja cafetera, el sofá, la lámpara de base estucada, el cuadro de Seguí, me devolvieron a un mundo de olores, de temperaturas, de texturas marcadas para siempre en las circunvoluciones de mi cerebro. Fingí una impasibilidad que exigió de mí esfuerzos atroces. Sobre el escritorio, en la mesa, sobre el sofá, se veían algunos libros y papeles, muchos papeles, en un desorden tal que desmentía la idea que siempre tuve de Alvar como un hombre sistemático y meticuloso. También Irene había sido sorprendida sin duda por este caos, pues abrió los brazos con desconsuelo, como señalando que la tarea que teníamos por delante no era sencilla, mientras comentaba que aquel revoltijo de documentos sólo podía provenir de alguien que había estado durante un tiempo perturbado y ansioso; nos dejó allí después de un rato, agradecida, confiada, casi conmovida por nuestro interés y generosidad.

Entonces Juan, poniendo su brazo sobre mis hombros, me preguntó cuál era la verdad de mi presencia allí. No consideré siquiera la mentira como una opción, pero le dije una verdad a medias: le hablé de mi enamoramiento de otros tiempos, de mi admiración y mi respeto, y le conté del extraño envío que me había hecho Alvar el día de su muerte. Le describí también la precipitación de la escritura de aquel documento, lleno de duras confesiones y de reflexiones en cascada, de señales enviadas desde sus páginas por un ser que nunca se me había revelado del todo. Cuando Juan me expresó su deseo de conocer ese texto, yo me negué, cariñosa pero firmemente: aque-

llo había sido escrito por un Alvar que nadie conocía, le dije, y ese Alvar me había sido otorgado
por él mismo en un gesto íntimo y sobrecogedor.
Aquellos papeles nunca se conocerían.

Debí parecerle a Juan una obsesa demen-
te, pero aquel día fue conmigo hasta el final. La
primera exploración la hicimos, por supuesto, en
el computador. Lo que descubrimos nos dejó estupefactos: archivos nominados, clasificados, dis-
ponibles, cuyos contenidos habían sido cuidadosamente borrados. Alvar había dejado la cáscara,
el indicio, pero había destruido sistemáticamente
lo que encerraban. Más de sesenta disquetes nos
revelaron material secundario, versiones de sus
trabajos anteriores, muchos ensayos inconclusos,
y numerosas notas sobre arte, sobre filosofía, y
arquitectura. El último de sus archivos se llamaba, extrañamente, Última Thule, y como los demás, estaba vacío. La fecha: 14 de agosto a las once
y treinta y cinco de la mañana, unas horas antes
de su muerte. El solo pensamiento de que aquél
fuera el nombre con el que Alvar había rotulado
los textos que me envió me hizo estremecer.

Los cajones del escritorio y de la biblioteca estaban repletos. Carpetas y más carpetas con-
tenían el trabajo académico e investigativo de un
hombre compulsivo, de un maniático. Cientos de
páginas llenas de apuntes y anotaciones, borradores repletos de notas al margen, tachones, flechas,
correcciones de la corrección, versiones, trabajos todos inacabados y a menudo incomprensibles emer-
gían de aquellas pastas dejándonos confundidos.
De vez en cuando aparecía una hoja desnuda donde se leía una cita solitaria, una gráfica, un enreve-

sado dibujo, la copia subrayada de un capítulo de Russell, un poema de Pessoa donde tres o cuatro palabras originales habían sido reemplazadas en tinta verde por otras, un plano intervenido con resaltadores de colores. Por ninguna parte algo que se dijera privado, y por supuesto, después de horas de búsqueda, ni una sola de mis cartas. Le pregunté a Juan, tratando de ocultar mi emoción, si podría considerarse a Alvar un fracasado de no existir esa obra ambiciosa que tanto él como yo presuponíamos. Vila se quedó en silencio por unos momentos, vacilante. Luego movió la cabeza mientras fruncía los labios. No un fracasado absoluto, por supuesto, dijo, sino un hombre que defraudaba unas expectativas generales y muy probablemente sus propias expectativas. Lo decía él, su amigo de muchos años, que había conocido de cerca su humor vitriólico, su desprecio por la mediocridad, el largo y arduo camino de reflexión y conocimiento que había hecho batallando a cada instante con un escepticismo demoledor.

Aquel material era tan copioso y diverso, y estaba organizado de acuerdo a un orden tan particular, sin duda sólo comprendido por su autor, que la búsqueda requeriría paciencia y exploración minuciosa. ¿Estaba Juan dispuesto a llevarlo a cabo? No me pareció justo someterlo a esa tarea exhaustiva. No fue difícil de convencer: «déjamelo a mí», le dije. «Ya sabes, querido, que se trata de saldar cuentas con mi corazón». Para tranquilizarlo le dije que no pensaba, de ningún modo, dedicarle a aquello más de tres semanas.

No fueron tres semanas sino tres meses, durante los cuales fui todos los sábados, primero al estudio y después a la oficina que Alvar tuvo hasta el último día en la universidad, y cada vez me sentía abrumada por la monstruosidad de aquel trabajo que me mostraba el proceso pero me escamoteaba el resultado. La dificultad, sin embargo, me acicateó: la búsqueda se me convirtió en una obsesión que empezó a afectarme los nervios. ¿Qué buscaba yo? ¿Por qué lo buscaba? ¿Pensaba, acaso, que esa obra que todos presuponíamos justificaba los días de Alvar? Estaba muerto, definitivamente muerto. ¿Era la autocompasión la que me llevaba a adelantar aquella labor redentora? ¿O el violento deseo de que Alvar redimiera su imagen frente a los que tanto esperaron de él? Tuve una larga temporada de insomnios y volví a mis ataques de asma. Inexplicablemente, después de tantos años, sentí miedo de estar perdiendo la cara de Alvar, de modo que me esforzaba en las noches por reconstruirla, sin apenas lograrlo. Mi cuerpo, en cambio, volvió a sentir, exasperado, un deseo que ya no tenía dirección. De vez en cuando me dormía con los ojos llenos de lágrimas.

A finales de noviembre sólo me faltaba explorar la mansarda de la casa de campo, donde había estado una única vez con Alvar y donde encontraron su cadáver, ya rígido, en la tarde del quince. Por ese entonces me sentía ya vencida e incluso enferma mentalmente por la sensación de fracaso, que me empujaba, de forma paradójica, a persistir en la búsqueda, e incapaz de ir a ese lugar que había sido para Alvar templo y refugio y lugar fríamente escogido para su muerte. Decidí parar mi pesquisa, y así se lo notifiqué a Irene, argumentando que me había dado ya por vencida. Su sorpresa no pareció menor que su desencanto. Me rogaba, me suplicaba, que ya que yo generosamente me había comprometido en esa empresa la llevara hasta el final. Tendría mis honorarios, por supuesto. Si no me había hablado de ello era por delicadeza, pero siempre había tenido claro que mi trabajo debía tener una remuneración justa, pues era un trabajo como cualquiera, o en realidad más respetable que los otros porque nacía de mi entusiasmo por la obra de su marido, que de otra manera quedaría inédita porque «una vez el muerto se enfría», así dijo, ya a nadie pareciera interesarle reconstruir su legado. Ella me acompañaría. Sería la primera vez que iba a ese lugar después de la muerte de su marido, y tenía fuertes aprehensiones. Agradecería mucho ir conmigo, dijo, porque así podría contener su dolor y a la vez encontrar en mí compañía y apoyo. Qué cruel ironía.

La recogí un sábado casi a las doce, y mientras avanzábamos por la carretera a La Calera la conversación enrumbó naturalmente hacia temas que nunca habíamos tocado: su pasado de niña consentida y el mío, rebelde, y ansioso, y finalmente desdichado, y nuestras vidas de ahora, vidas de mujeres solas, que cargábamos con nuestras soledades de distinta manera.

Antes de llegar a la finca paramos en un pequeño restaurante al borde del camino, a tomarnos una sopa para aquel día helado en que no cesaba de llover. Había podido yo percibir desde mucho antes un ablandamiento poco usual en las palabras de Irene, una inclinación a la confidencia que nunca antes había mostrado, y que corroboré cuando, amparadas por el fuego de la chimenea, me confesó, para empezar, el paulatino alejamiento de su familia, llevada por las imposiciones soterradas de Alvar, a las que, me dijo, siempre había terminado por rendirse, no sólo por amor sino por deslumbramiento mezclado con miedo, pues el brillo de su inteligencia y la violencia de su carácter no habían dejado nunca de sobrecogerla y humillarla, y, no se escandalice, me pidió, «de darle un verdadero sentido a mi vida». Es verdad que ella había hecho una carrera, me dijo, y que había logrado persistir en su vocación, pero de una manera apenas decorosa, sin demasiado brillo, porque toda su energía había estado dedicada a sostener secretamente a Alvar, a darle su apoyo, a estar ahí sin ser percibida cuando él entraba en sus crisis neuróticas o en sus declives de ánimo, en sus persistentes silencios, cuando no en sus excesos de trabajo, pues había días en que apenas si dormía una hora, porque Alvar, me lo decía ella, fue un ser finalmente muy frágil, un desamparado, esa palabra usó y no otra, y cuando la dijo yo no pude menos que recordar el escrito de Alvar, sus deshilvanadas confesiones. Un desamparado, prosiguió, que encontraba en la crueldad la manera más fácil de huir de sí mismo. Y como viera mi mirada un poco atónita, se apresuró a explicarme: «y el ser más lúcido y tierno que he conocido».

Mientras pedíamos una botella de vino para paliar aquellos momentos de relativa intimidad, empecé a pensar en que aquellas palabras no eran del todo inocentes. Esa mujer que temblaba mientras hacía memoria, con las mejillas encendidas y los ojos vidriosos, ¿sabía que le estaba hablando a la ex amante de su marido, a la persona que lo amó por años y que perdonó su dureza y su abandono?

Pero ahora estaba Irene relatándome las circunstancias de la muerte de Alvar. Lo habían encontrado ella y su hijo, que alarmados por su ausencia en la noche del jueves —enterados ya de la muerte de Marcel— habían empezado su búsqueda a mediodía, primero en su estudio, por supuesto y luego en la finca, a donde debieron ir pues el teléfono repicaba sin contestación. Ya a dos cuadras de la casa se le había encogido el corazón cuando vio el Nissan azul, pues desde ese momento estuvo segura de que una desgracia había sucedido; aunque a veces había oído rumores sobre los flirteos de su marido, sobre sus veleidades de conquistador, sus pequeñas infidelidades, que sin duda las hubo, éstas jamás lo habían llevado a pasar una noche fuera de la casa: en eso había sido siempre Alvar absolutamente cuidadoso.

Dijo esas palabras con la mayor seguridad y hasta dignidad, mientras yo enrojecía hasta la raíz del pelo y trataba de disimular mi confusión y vergüenza concentrándome en mi plato de sopa. Cuando alcé los ojos me encontré con los suyos que me miraban fijamente, brillantes y tristes y sin ninguna agresividad. El cuidandero, que vivía bastante lejos de la casa, continuó, lo había visto llegar muy entrada la madrugada, y por tanto no se había preocupado aún a las cuatro de la tarde, porque al amanecer había visto humo en la chimenea, así que imaginaba «que el doctor se había acostado muy tarde». Hubo pues que romper un vidrio para que el hijo del mayordomo entrara y abriera la puerta, y primero Federico, y enseguida ella y después el mayordomo lo habían visto, azuloso ya pero plácido, recostado en el sofá del al-

tillo, el equipo de sonido encendido y claras señales de que la chimenea había estado prendida. Su
muerte, dijeron los forenses, debió ocurrir a eso de
las cinco de la mañana, y Alvar debía estar bastante ebrio. Las investigaciones posteriores habían revelado algunas cosas que ellos o no vieron en los
momentos de dolor y estupefacción o que no po-
drían haber sabido de otra manera. Irene se acercó a mí por encima de la mesa como anunciando
estas confesiones, como quien busca la mayor proximidad para poder hablar en voz muy baja y no
ser oída.

Empecé a temblar. ¿Por qué aquella mujer, por la que sentía ahora una mezcla de compasión y respeto, me elegía a mí para contarme
estos detalles, que me partían el alma y me para-
lizaban? Me arrepentía ahora de mi innecesaria
osadía, de mi estúpida decisión de ir a ver a Juan
Vila y comenzar un proceso irreversible de inda-
gación, como si no diera lo mismo ya que Alvar
hubiera guardado mis cartas o las hubiera echado
al fuego.

Mientras Irene bebía su vino recordé mi
último encuentro verdadero con Alvar, cinco años
después de que tomara la decisión de abandonar-
me. Llevada por la nostalgia lo había citado fuera
de mi casa, no sabía muy bien para qué, quizá sólo
para constatar que existía, para comparar la imagen
de mi recuerdo con la del hombre que no había visto durante tantos años. Dos días había esperado
aquella cita temblando como un perro, temerosa
de que aquel hombre obstinado me incumpliera,
para anular, con la crueldad del desprecio, todo otro
intento de acercamiento. Pero no; allí llegó a la

hora prevista, hermoso y distante al comienzo, hermoso e irónico después: ¿para qué quería yo oír la verdad, si la verdad es algo que generalmente nos hace daño? Pues bien, ahí estaba Alvar hablando por primera y última vez de su amor por mí, contando seca, escuetamente, con emoción evidente, las muchas noches de desazón y de rabia, de atormentado deseo, en que quiso tomar el teléfono para llamar o atravesar la ciudad para volver a mi apartamento, y de la voluntad con que había labrado su olvido, anulando toda evocación, todo recuerdo, todo sentimiento que aflorara en un descuido de su mente o de su corazón. En aquella ocasión le pregunté, casi sin habla, pálida, al borde de la humillación, por sus sentimientos del presente. Con frialdad cortante en su voz pero mirándome con ojos llenos de fiebre, Alvar contestó entonces que esa pregunta no tenía sentido, pues lo único que podía afirmar era que él ya había elegido, y que esa elección excluía cualquier pasión.

Alvar, contó Irene, había llenado la bañera de agua caliente pero nunca había entrado en ella, de modo que el agua había invadido lentamente la alcoba y luego el piso inferior, inundándolo todo, y ellos debieron entrar quitándose los zapatos, y presintiendo, por supuesto, la tragedia, pero no esa tragedia, claro está, sino otra, un infarto, una caída, vaya uno a saber. La policía había encontrado sobre la mesita las sales de cianuro de las que se valió para el suicidio, y descubrió también, e Irene al decir esto palideció, eludiendo mi mirada, que Alvar había visitado ese mismo día por la tarde a Marcel, que estaba ya condenado a cama, casi moribundo en su hogar de ancianos, y algo más…

—y aquí Irene bajó aún más la voz, trémula— que Alvar tuvo una relación sexual muy poco antes de morir.

Después de esa conversación fue aun más difícil para mí entrar en aquella casa, que mostraba todavía los estragos del agua y que olía tan fuertemente a humedad que me produjo náuseas. Una vez allí busqué, buscamos, algo que se pareciera a una obra definitiva, inconclusa pero definitiva, sin encontrarla. Lo hicimos con organización y cuidado, casi en silencio, dolidas tal vez por las tremendas confidencias compartidas. Entre los papeles que salieron a la luz estaban sus dibujos, aquéllos que Alvar me mostró alguna vez. Irene y yo los repasamos, admirando su talento y su poder de sugerencia. De lo demás, de la obra buscada, de las cartas, ni el más mínimo rastro, ni una huella.

¿Había encontrado Irene las cartas alguna vez y caída yo en mi propia trampa me había alentado en la búsqueda inútil como una forma de castigo? ¿Sugería que entre Alvar y yo había existido una relación hasta su muerte y que esas huellas de sexo tenían que ver conmigo? ¿O lo ignoraba todo y simplemente se acercaba a mí vencida por la soledad y cediendo a la ilusión de postergar la memoria de su marido con una publicación que yo generosamente le ofrecía? Llegamos a la conclusión de que Alvar había destruido lo escrito durante tantos años, dando así forma acabada a su fracaso. No tenía sentido guardar aquellos borradores, decidió Irene: todo iría al fuego. Como impelidas por una fuerza mágica, quizá perversa, nos dimos a sacar aquellos papeles a descampado. Todos, salvo los dibujos, que serían para Federico. Hicimos entonces una gran pila, y primero Irene, luego yo, lanzamos sobre ellas fósforos encendidos. Permanecimos al lado de la hoguera, ensimismadas, contemplando el chisporroteo, todavía por un buen rato. Cuando subimos al carro ya estaba oscuro.

Regresamos charlando de otras cosas, de los deseos de Irene de vender su casa, la finca, el estudio y dedicarse a viajar un poco. Quizá se enamorara de nuevo, insinué yo. Al fin y al cabo sólo tenía cuarenta y cinco años. Me preguntó cuál era mi próximo proyecto. La respuesta vino de una parte tan inconsciente de mí misma que cuando llegó a mis labios me pareció irreal: escribir una novela, dije. ¿Una novela? ¿Ya tenía tema? Será, dije sin pensarlo, sobre la soledad de los planetas.

Al llegar a su casa me dio efusivamente las gracias por mi obcecación y paciencia y me pidió escoger uno de los dibujos de Alvar. Yo elegí uno que mostraba una cabeza sobre una mesa, a manera de naturaleza muerta. Nos despedimos con un abrazo, como si fuéramos amigas desde siempre. No creo equivocarme si digo que nos sentíamos extrañamente libres.

Este libro
se terminó de imprimir en los
talleres gráficos de Editorial Nomos S.A.,
en el mes de julio de 2005,
Bogotá, Colombia.